少年陰陽師
しょうねん おんみょうじ

少年陰陽師 貳拾陸

彼方之敵

彼方のときを見はるかせ

結城光流—著 涂愫芸—譯

重要人物介紹

藤原彰子
左大臣藤原道長家的大千金，擁有強大靈力。基於某些因素，半永久性地寄住在安倍家。

小怪
昌浩的最好搭檔，長相可愛，嘴巴卻很毒，態度也很高傲，面臨危機時便會展露出神將本色。

安倍昌浩
十四歲的菜鳥陰陽師，父親是安倍吉昌，母親是露樹，最討厭的話是「那個晴明的孫子」。

六合
十二神將之一的木將，個性沉默寡言。

紅蓮
十二神將的火將騰蛇，化身成小怪跟著昌浩。

爺爺(安倍晴明)
大陰陽師。會用離魂術回到二十多歲的模樣。

朱雀

十二神將之一的火將，使的是柔和的火焰。與天一是戀人。

天一

十二神將之一的土將，是絕世美女，朱雀暱稱她「天貴」。

勾陣

十二神將之一的土將，通天力量僅次於紅蓮，也是個兇將。

太陰

十二神將之一的風將，擅使龍捲風，個性和嘴巴都很好強。

玄武

十二神將之一的水將，個性沉著、冷靜，聲音高亢，外型像小孩子。

青龍

十二神將之一的木將，從很久以前就敵視紅蓮。他有另一個名字「宵藍」。

天后

十二神將之一的水將，個性溫柔，但有潔癖，厭惡不正當的行為。

白虎

十二神將之一的風將，外表精悍。很會教訓人，太陰最怕他。

風音

道反大神的愛女。以前她曾想殺了晴明，現在則竭盡全力幫助昌浩。

益荒

隨侍在齋身旁的神秘年輕人。

齋

一心等待著公主到來的物忌童女。

安倍昌親

昌浩的二哥，是陰陽寮的天文生。

縱然，
他心中絲毫沒有我的存在。

1

嘩啦嘩啦。

嘩啦嘩啦。

持續不斷的聲響潛入了耳朵深處。

在黑暗中，激盪洶湧。

微微張開眼睛，就看到冒著白色泡沫的波浪。

動作輕緩的手指，抓到了潮濕的沙子。

波浪拍打過來，淹沒向外伸直的四肢，又喧囂地退去了。

是海岸邊。

他恍惚地看著波浪，這麼想著。

難道這裡是死亡國度？

浪潮逐漸退去了。風吹過濕透的衣服，感覺好冷。

長時間泡在海裡的身體也冷得像冰一樣。

這裡是死亡國度嗎？

在冰冷的海裡，在黑暗中，他又一次這麼想。

嘩啦嘩啦。

嘩啦嘩啦。

是波浪的聲音。

跟在那座島嶼的岩石地聽到的聲音一樣。

他動也不動，任憑波浪打在身上，聽著波浪的聲音。

直盯著波浪連眨都忘了眨的眼睛，撲簌簌地落下淚來。

◇　◇　◇

咆哮聲繚繞回響著。

金龍在聳立於海面的巨大三柱鳥居中央瘋狂地嘶吼著，斜睨著坐在靠懸崖邊的祭壇祈禱的玉依公主。

又長又大的龍身猛烈扭擺，試圖從三根柱子的牢籠裡掙脫出來。

龍的雙眼中充斥著淒厲的仇恨，恨鎖住自己的三根柱子；恨不停祈禱保住三根柱子的玉依公主。熊熊燃燒的雙眼，瞪著這兩樣目標。

紅蓮屏息看著一次又一次想衝破柱子牢籠的金龍。

那是出現在京城的地脈化身。

「牠怎麼會在這裡……！」

紅蓮低囔著，接著聽到淡淡的聲音對他說：

「因為三柱鳥居下面有地御柱。」

他轉移視線，看到臉色沉重的齋直盯著金龍。

「地……御柱？」

女孩看一眼聽不懂而皺起眉頭的紅蓮，面不改色地又說：

「就是支撐著這個國家的巨大柱子，也是遠遠超出人類想像的神。」

「神？」

紅蓮正要靠近她時，益荒輕手輕腳地滑了過來。

幾乎同樣高度的兩雙眼睛，視線相撞，迸出火花。

紅蓮全身鬥氣升騰，益荒也毫不掩飾自己的敵意。

地鳴聲響，夾雜著波浪的聲音，醞釀出陰森的氛圍。
是齋制止了一觸即發的兩人。
「益荒，退下。」
「齋小姐，妳往後退。」
「益荒。」齋冷靜地叫他的名字，拉拉他的衣袖說：「快退下，你嚇到內親王了。」
益荒轉頭一看，年幼的公主臉色發白，全身都僵直了，因為兩名非人類的年輕人散發出來的氣太過淒厲，把她嚇得動彈不得。
紅蓮發現脩子的神態不對，懊惱地咂了咂嘴。自己的神氣太過酷烈了，這樣感情用事地解放神氣，當然會壓迫到脩子。
可不能把她惹哭了。
紅蓮壓下激動的情緒，但是沒有變回小怪的模樣。
在三柱鳥居中央暴動的金龍，隨時可能衝破那個牢籠。
紅蓮與益荒各退一步，保持距離。然而，不管再怎麼壓抑通天力量，敵意還是赤裸裸地散發了出來。
昌浩一動也不動地躺在地上，紅蓮看了他一眼，便將視線再拉回金龍身上，沒好氣

地問：「告訴我，氣脈怎麼會具象化變成金龍？你們是不是知道什麼？」

「因為……」

齋正要回答，被益荒阻止了。

「齋小姐，不需要回答他。」

益荒邊保護齋、防備著紅蓮與金龍，邊接著說：

「支撐這個國家的地御柱就在那座鳥居下方，是一根非常巨大的柱子，一直延伸到人類無法到達的深度。」

這根柱子在遙遠的神治時代就存在了，比高天原還要早。是在世界形成的同時，其中一柱神明為了支撐八大洲，變身而成的。

一聽說是支撐這個國家的神明，紅蓮的腦中浮現了一個名字。

「不會是國之常立神吧？」

這個名字的意思就是「支撐國家之神」，是神世七代①的其中一柱神。

在這個國家流傳的神話，不太重視伊奘諾尊、伊奘冉尊之前的神②。「記紀」也很少有相關記載，到底是怎麼樣的神，沒有詳細的記述。

紅蓮疑惑地皺起眉頭。

這個神宮到底是什麼樣的地方？

「怎麼回事？這裡不是祭祀天御中主神嗎？那座三柱鳥居是造化三神的象徵吧？」③

他想都沒想過會在這種地方看到三柱鳥居。

根據神話，伊勢神宮祭祀的天照大御神才是最高神明，這已經是根深蒂固的認知了。這之前的神，幾乎沒什麼人重視。活過千年的神將紅蓮知道這是人們普遍的想法。

以天御中主神為首的「造化三神」是所有神明之根源。祭祀這三柱神明的神社都建有三柱鳥居，只是現在幾乎看不到了。

金龍不斷地咆哮著，轟隆震響，掩蓋了紅蓮的疑問。

從金龍身上迸發的金色波動像火焰般舞動著。

齋默默看著眼前的光景，緊緊握起了拳頭。

玉依公主坐在面向三柱鳥居的祭壇前，專注地為鎮壓金龍而祈禱著，但是就快鎮不住了。

因為玉依公主的生命之火正在逐漸減弱。

生命之火完全熄滅前，齋必須達成目的，那就是在玉依公主失去力量之前，讓她得到死亡的安寧。

這是齋唯一的願望。然而，不管她有多盼望，都不可能被認同。

既然如此，她不惜背上罪名，也要實現這個願望。

齋望著玉依公主的眼神是那麼堅定。益荒看她一眼，瞇起了眼睛。他很能理解齋的心情，那是非常悲哀的願望，他無論如何都想阻止。但是，他也知道那是齋由衷的期望。

被視為「本身就是罪孽」的她，活到現在，連這唯一的願望都不曾說出口。

益荒閉上眼睛，再張開時，把視線拉回到金龍身上。

「人們把國之常立神的力量流動稱為『氣脈』。就像血液在人體內流動般，神的力量也在大地內流動、環繞著。」

現在，流動出了問題，神的力量正逐漸失控。

「據說有黑色的繩子纏繞著地御柱。繩子把神捆住，擾亂了在大地流動的氣脈。」

那樣的捆綁阻斷了應該環繞於國土的神氣。不斷釋放出來的氣漸漸沒有地方可去，不久，便轉化成了邪念。

也就是那隻金色的龍。

「玉依公主拚命祈禱，希望可以讓氣脈的流動恢復原狀，但是，神連這樣的祈禱都聽不見了。」

「那把黑色繩子切斷不就行了？為什麼不那麼做？」

是齋回答了紅蓮的問題，她指著三柱鳥居說：

「地御柱在那座鳥居下方的深海底下。想到達那個地方，就要進入鳥居裡面，可是，會被金龍阻擋。」

充斥於鳥居的氣脈，是神失去意識後的狂亂神氣。

益荒和阿曇都試過好幾次，從三柱鳥居爬下地御柱，但是每次金龍都兇暴地擋住了他們的去路。為了壓抑神的力量，玉依公主的生命已逐漸耗損，過度激怒金龍恐怕會危及公主的性命——這麼判斷的兩人只能舉白旗投降。

紅蓮瞪著三柱鳥居看。

「天御中主神在幹什麼？玉依公主不是可以讓祂的神力降臨在自己身上嗎？有了神的力量，要讓氣脈恢復原狀是輕而易舉的事吧？」

神也有等級。在天照大御神之後誕生的神可能做不到，因為支撐著國家的神，等級應該遠超過大多數的神。但是，玉依公主是所有神之根源「天御中主神」的女巫，當她在聆聽神的旨意時，也可以與神交談。

為什麼不在那時候向神求助呢？

「公主不想那麼做。」

「為什麼？」

「……」

紅蓮灼亮的雙眸直直盯著沉默的齋。

益荒的眼中閃現厲光，但紅蓮毫不在意，繼續逼問：

「玉依公主為什麼不那麼做？」

這次的語氣比剛才更強硬。齋把嘴巴抿成一條線，猶豫了好一會，才終於下定決心開口說：

「如果向我們的主人天御中主神祈求，所有邪氣就會反彈，回到污染了地御柱的人們身上。公主不希望這樣，她想救所有人。」

縱使這麼做會危及自己的性命。

齋轉頭看著躺在地上的昌浩說：

「他也是公主救回來的。如果沒有公主的協助，他已經被黑暗吞噬，淪為魔鬼了。」

紅蓮赫然回頭看著昌浩。

因為身心俱疲，看起來多少有些消瘦，但是臉上的陰霾已經消失了。

玉依公主的確挽救了昌浩的心。

「雨下個不停，也是因為神的力量失去了控制。只要大地的正氣正常地流動，上天就會開始正常地運作。」

天照大御神是太陽神，也是天御中主神的女巫神，祂的力量被狂亂的氣脈所阻擋，沒辦法延伸到地面。

這些事都環環相扣。

「在京城發生的地震也是同樣的道理。」

「……！」

紅蓮恍然大悟地按住額頭。

那顆注入了同袍們神氣的鋼玉，頂多只能鎮壓在京城地底下流動的氣脈。若不正本清源，當注入鋼玉的神氣耗盡時，京城就會再發生地震。

紅蓮極力克制住感情，看了脩子一眼。

呆呆佇立的齋察覺他的眼神，倒抽了一口氣。

「為什麼把脩子帶來這裡？」

齋看著紅蓮說：

「這件事與你無關。」

「事情都到這種地步了，妳還這麼說。」紅蓮疾言厲色地更加重語氣說：「妳已經把昌浩捲進來了，妳操縱他，將脩子帶來這裡，還敢說與我無關，太好笑了。」

毫不留情的嚴厲口吻逼得齋啞口無言。

益荒狠狠地瞪著紅蓮，紅蓮也毫不退縮地瞪回去。

就在兩人無聲的你來我往中，紅蓮聽到微帶顫抖的聲音說：

「我沒有操縱他……」

轉頭一看，齋正低著頭，雙手緊緊交握。

「我沒有操縱他，是他答應了我的請求。」

只是已經撐到了極限的昌浩，心靈需要休息。

所以齋暫時替他將連結感情的記憶，從他的心切割出來。這麼做，也是經過昌浩本人所同意。

「等他醒來，就會恢復原狀，我絕對沒有逼他做他不想做的事。」

齋愈說愈激動，壓抑的語調中帶著堅決。

紅蓮皺起眉頭。

如果是他所認識的昌浩……

如果是受傷前的昌浩……

應該會那麼做吧？因為他就是這樣的個性。而這件事也足以證明，昌浩的心正在逐漸恢復當中。

雖不能苟同，但齋說的話應該沒有半點虛假。

紅蓮的金色雙眸看起來比較沒那麼可怕了。

緩緩抬起頭看到他那雙眼睛的齋，眼眸微微動盪著。

咆哮聲響起。

所有人的視線都投注在三柱鳥居上。

聳立海面的三柱鳥居的中央牢籠裡，又多出了一隻金龍。全身都有火焰般金色光芒的兩隻龍，又長又大的身軀狂亂地扭動著。

益荒看著嘶吼的龍，滿臉沉重地說：

「再這樣下去，鳥居的結界恐怕會撐不住。齋小姐，我要離開一下。」

向嬌小的女孩報告後，益荒瞪著紅蓮說：

「你若敢對她做出什麼失禮的事，我絕對饒不了你。」

被威脅的紅蓮，雙眸亮起深紅色光芒，嘴角浮現冷酷的笑容。

「哦……我倒想試試呢！」

「你……！」

益荒差點被激怒，是龍的咆哮聲拉住了他。

他扭過頭看了一眼三柱鳥居，輕輕咂舌，就轉身離開了。

走過玉依公主身旁之後，他縱身跳下了懸崖。

眼看著就要衝破無形牢籠的龍被反彈回去，爆裂四散。

波浪翻騰，從鳥居釋放出來的神聖波動更加劇烈了。

沒看到益荒，但是帶著飛沫席捲而來的通天力量顯示著他的存在。

在這種狀況下，玉依公主仍然不為所動。紅蓮瞪著她的背影，低嚷著：

「那個男人到底是什麼人？」

齋轉而看著紅蓮，金色雙眸的視線射穿了她。

「他跟我一樣，不是人類。」

「是的，他是在遙遠的神治時代，我們的主人派給玉依公主的隨從。」

紅蓮的表情有些微改變。原來是神的眷族，那就可以理解了。

渾厚低沉的地鳴聲翻湧而上，這說不定也是國之常立神的痛苦呻吟。

齋像忽然想起什麼似的，回頭看著脩子。

年幼的公主臉色發白、全身僵硬，看起來楚楚可憐。金色的龍、恐怖的地鳴、長得像鬼的陌生年輕人，都是她害怕的對象。

「阿曇……」

齋輕聲呼喚，黑暗中便悄然冒出了一個身影。

脩子的肩膀顫抖起來。

阿曇完全不在乎脩子的反應，在齋的身旁單腳跪下。

「妳叫我嗎？齋小姐。」

「先把內親王帶去上面，現在金龍大鬧，什麼也不能做。」

阿曇默默一鞠躬，站起來轉向脩子。脩子不由自主地往後退，但還來不及逃脫，阿曇的手已經抓住她的肩膀。

齋淡淡地對渾身顫抖的脩子說：

「不用怕，沒有我的命令，她不會對妳怎麼樣。」

脩子看看齋，再看看阿曇，然後望著躺在旁邊的昌浩，求助般地看著他，希望他會趕快醒來。然而，昌浩完全沒有醒來的跡象。

紅蓮看著脩子被阿曇帶上階梯的背影，又在金龍的咆哮聲與地鳴聲中問了齋一次。

「為什麼把脩子帶來這裡？」

齋眨眨眼睛，注視著玉依公主的背影與三柱鳥居。

「為了讓她成為下一個玉依公主。」

「什麼……」

紅蓮倒抽了一口氣。齋連眉毛都沒動一下，冷靜地告訴他：

「玉依公主的使命，就是在這座神宮對著三柱鳥居祈禱。天御中主神的女巫神天照大御神，需要玉依公主當祂的依附體。」

剛才神情嚴肅的齋所說的那句話，在紅蓮耳邊響起。

——我要讓玉依公主得到死亡的安寧。

紅蓮無法理解這是怎麼回事。

齋、益荒和阿曇不都是在服侍玉依公主嗎？如果度會氏族所言屬實，那麼，齋應該是代替女巫實際執行祭典的物忌。不管度會氏族怎麼咒罵她無能，她都沒有理由背叛玉依公主。

大概是從紅蓮的表情看出了他這樣的想法，齋微微揚起嘴角笑著說：

「看你一副無法理解的樣子。你不需要理解啊！我說過很多次了，這不是你能理解的事。」

然後，她注視著玉依公主的背影說：

「內親王是天照大御神的後裔，比任何人都適合當女巫神的依附體。而且依我看，她幾乎可以說是天照大御神的靈魂分身。伊勢神宮和度會氏族都想得到內親王，就是確定她擁有女巫的資質。」

稍微停頓後，身為物忌的女孩又以超出年齡許多的成熟口吻說：

「坐在那裡祈禱的玉依公主，力量就快消耗光了。我要在那之前，讓公主卸下依附體的職務，得到永遠的安寧。」

齋望著凝然不動的公主背影，剎那間，臉上閃過無法言喻的神情。

紅蓮有種奇怪的感覺。齋的眼神雖然平靜，眼睛深處卻好像暗藏著情感的漩渦，讓他覺得心中忐忑不安。

金龍的咆哮聲逐漸減弱了，不知是益荒的功勞，還是玉依公主的祈禱產生了效果。

「妳不是物忌嗎？」

紅蓮問得太突然，齋滿臉錯愕地看著他。

「既然玉依公主的生命快結束了，妳來接任她的職務不就行了？不一定要脩子吧？」

這句話說得讓齋瞠目結舌，她自嘲似的淡淡一笑。

「我沒有那種能耐……」齋撇開視線，在嘴裡喃喃說著：「……我的生命是罪孽，怎麼可能做得到那種事。」

小怪的陰陽講座

①在開天闢地時最先出現的神，分別為至高之神「天御中主神」、征服及統治之神「高御產巢日神」、生產之神「神產巢日神」，稱為「三柱之神」。在三柱之神後，又誕生了二柱之神，就是「宇摩志阿斯訶備比古遲神」與「天之常立神」，這五柱之神稱為「別天津神」。依《古事記》的記載，「神世七代」為：一，國常立尊；二，風雲野神；三，宇比邇神、須比智邇神；四，角杙神、活杙神；五，意富斗能地神、大斗乃弁神；六，淤母陀琉神、阿夜訶志古泥神；七，伊邪那岐神、伊邪那美神。

②伊奘諾尊和伊奘冉尊就是「神世七代」中的伊邪那岐神與伊邪那美神。

③在第二十五集《失迷之途》中曾提到，天御中主神、高御產巢日神與神產巢日神被稱為「造化三神」，傳說中是最古老的神。

2

垂水的臨時住所一片靜寂。

內親王被帶走後，已經過了一整天。

安倍晴明坐在南側廂房裡，聽著雨聲嘆息。

應該快酉時了吧？沒有陽光，只能靠感覺來判斷。

厚厚的雲層帶來傍晚般的昏暗，連心情都被苦悶所盤據了。

「喂，六合……」

一聲召喚，旁邊的神將六合便現身了。

寡言的神將把黃褐色的眼眸轉向主人。

晴明頭也不回地接著說：

「不知道太陰是不是把磯部的手下平安送到伊勢了。」

「憑太陰的風，應該早到了吧！」

老人嗯地點點頭，輕聲嘆息。

「他們不習慣搭乘那種風，想必很不舒服……但總比徒步走山路快得多，而且進入

伊勢之後就沒有生命危險，現在應該氣定神閒了。」

磯部的人最晚應該也在昨晚就到達伊勢的齋宮寮了。對身心都已疲憊到極點的他們來說，沒有任何恐懼的平靜夜晚，想必就是最好的康復藥物。

太陰把他們送到那裡之後，就直接返回京城了。

她回去調查人應該在京城的昌浩，為什麼會在這裡出現？為什麼會跟敵人益荒和阿曇並肩行動？

晴明忽而轉移視線，擔心地說：

「彰子和守直大人不知道怎麼樣了。」

齋宮寮派來陪同內親王下伊勢的磯部手下都乘太陰的風趕回伊勢了。原本磯部守直也應該跟他們一起走，但是前幾天遭到攻擊時，他受了重傷，晴明怕現在移動他會有危險，所以只留下他在臨時住所。

神將眨了一下眼睛，淡淡地回答：

「磯部守直從昨天到現在都沒醒來過，由於出血過多，情況危急。至於彰子小姐……」

六合難得這樣含糊其詞，晴明清楚地看出了原因。

「嗯……讓她一個人靜一靜吧！」

晴明抬頭看著下雨的天空，瞇起了眼睛。

「我真沒用，不知道該跟她說什麼。現在不管講什麼都無法安慰她吧……」

當昌浩在掙扎時，晴明也是因為平時太過接近他，什麼話都說不出來。說得不對了，反而會刨挖他的傷口。在當事人試著懸崖勒馬振作起來時，最好不要貿然介入。

現在的彰子也是一樣。

「……」

如果是「他」，這種時候會怎麼做呢？

當晴明搔頭抓耳猶豫不決時，「他」也是一副沒想太多的樣子，輕鬆地打開僵局，見招拆招，擁有他人所沒有的獨特性格。

縱使晴明隨著年紀增長而經歷過種種事，練就了一身本領和技術，還是覺得自己在這方面差「他」太遠。

曾經期盼著可以在夢中世界再見到「他」，哪怕是一次也好。

然而，至今五十多年了，都還不曾夢見過。

在自己漫長的人生當中，這件事可能會成為少數的遺憾之一，晴明這麼想。

「晴明，你還好吧？」

神將關心主人的沉默，語調平板地詢問。

下著雨，又走在崎嶇不平的道路上，光這樣，年邁的身體就吃不消了，還跟虛空眾發生激戰，想必晴明的身心都疲憊到了極點。

六合雖然面無表情，但那雙眼睛就是最好的證明，遠勝過口若懸河。黃褐色的眼眸深處隱約閃爍著擔心晴明的光芒。

身旁有這麼關心自己的人，晴明覺得自己真的很幸福。

而能感覺到這種幸福，是因為內心悠然的關係吧！

昨天把磯部的手下送回伊勢的太陰，在出發前還擔心著彰子。

彰子沒有回應任何人的叫喚。恐怕她一整晚都睡不著吧！

雨勢愈來愈強，半傾毀的垂水臨時住所只有一個房間勉強保持完好，她就躲在那裡面不出來。

為內親王急就章而搭建的臨時住所，對三個人類與一名隨行的神將來說，有點太大了。

晴明望著烏雲密佈的天空，深深嘆息。

「不用替我擔心，我沒有那麼脆弱。而且，虛空眾說不定不會再來攻擊了，因為他們的目標脩子已經不在了。」

「磯部守直不是說，見過虛空眾的人都會被殺嗎？」

「你就不能樂觀一點嗎？」

六合淡淡地對滿腹牢騷的晴明說：

「你要有自覺，會有這種想法，是因為你比自己想像中疲憊多了。」

晴明不由得仰天長嘆。

「六合，你說這種話時很像宵藍。」

「青龍不在時，待在你身旁的人就該點醒你。」

「……」

晴明又大大嘆了口氣。

有時晴明會覺得，六合雖然平時沉默寡言，但在必要時還是很饒舌。雖然他很少發表自我主張，但並不表示他很好商量。

不，搞不好他比青龍還難應付。一般人往往被六合的冷靜口吻和沉默寡言所欺騙，其實當他要堅持自己的主見時，任何人都阻擋不了他。

忽然，六合眨了一下眼睛。

他的視線掃視周遭一圈，靜悄悄地站了起來。

他一走到毀壞的外廊，就看到全身濕透的風音走出了茂密的樹叢。風音身上穿著無袖、短下襬的衣服，水珠從高高盤起的頭髮滴落下來。

「風音。」

晴明還來不及站起來，六合已經走到雨中，將自己的靈布披在風音身上。

「謝謝你，不過我沒事。」

風音苦笑著對六合說道，走進了臨時住所。靠靈力甩開所有水氣後，她放鬆地喘了一口氣。

「要不要替妳做點熱食？」

晴明擔心地問。風音搖搖頭說：

「不用了，謝謝你的關心，晴明大人。」

風音是道反大神與道反女巫之女，也就是半人半神，所以不論體力或靈力都遠遠超過人類。

昨天太陰送磯部的人回去時，風音也搭乘她的風去了伊勢的齋宮寮。

肩上還披著靈布的風音在晴明身旁坐了下來。她在雨中片刻不停地趕路，身體都冰涼了。現在雖然是陰曆八月，但連日來陰雨綿綿，氣溫比往年低很多。

「伊勢的情況怎麼樣？」

晴明問。風音凝思地說：

「神祇大副和齋王都還臥病不起，齋宮寮的人個個臉色沉重，整體氣氛也很灰暗。」

晴明點點頭，心想果然如此。

風音瞇起眼睛一一回想著，把手按在嘴上說：

「我也去了伊勢神宮，那裡沒有什麼異狀，氣氛莊嚴，只是……」

她的眼神顯露出憂慮。

「不只神宮周遭，可以說整個伊勢都一樣……情況有點棘手。」

「到底怎麼了？」

晴明訝異地皺起了眉頭。風音有所顧忌地說：

「黑暗裡……有幢幢黑影，像是變形怪之類的東西。還有徘徊的魂魄，以及快沉淪為魔鬼而痛苦掙扎的生靈。」

風音稍作停頓。

「由於陽光被遮蔽住，所以這類黑暗的東西都被神宮光輝燦爛的神氣引來了。光亮愈強，就愈容易引來黑暗。」

然後，風音自嘲地微微一笑。

「如果就那樣把公主送到伊勢，說不定很危險呢！益荒他們把公主帶走，反而是好事。」

晴明暗自感謝她沒有說出孫子的名字。

不知道昌浩為什麼會跟益荒、阿曇一起出現，還對自己和神將們、彰子都毫無反應，帶著內親王脩子消失了蹤影。

「是嗎？」

晴明點點頭，臉色沉重。

被伊勢神宮的天照大御神召喚而前往伊勢當依附體的脩子，靈魂應該是純潔無瑕、光輝燦爛的。黑暗的東西見到她，很可能會蜂擁而上。

脩子本身沒有擊退這些妖魔的能力。從風音的語氣可以知道，在目前的狀態下，即便有晴明和自己陪同，也很難保護得了脩子。

風音疲憊地喘口氣，六合察覺到她的動靜，眼眸動盪起來。

晴明看她臉色不好，對她說：

「風音，妳去休息一下。」

然而風音搖頭婉拒了。

「不，晴明大人，你也一樣累。」

「我充分休息過了。」

風音對瞇起眼睛的晴明露出苦笑，站起來說：

「彰子小姐呢？」

晴明與六合都驚慌地眨了眨眼睛。

披著深色靈布的風音轉頭看著晴明說：

「我去看看她，她好像很煩惱……」

昨天早上她才哭著說想見到昌浩，結果真的見到了，沒想到昌浩望著她的眼神，卻像在看著不認識的人。

為什麼會那樣，沒有人知道。

昨天，風音跟太陰、磯部的人一起離開臨時住所時，彰子還默默啜泣著。她絕望傷痛的背影烙印在風音眼底，揮也揮不去。

「小姐應該在最裡面的房間。」

六合說。風音點了點頭。

「謝謝。」

晴明目送風音的背影消失在走廊盡頭，表情複雜。

也許年齡相近，又同樣是女生，比自己這樣的老人更能安慰彰子吧！

晴明自認已經竭盡所能了，卻還是比不上風音，多少有點不甘心。

跟小孫子只差一歲的彰子是當代第一大貴族的千金。但是，在同一個屋簷下生活了一年多，現在的她對晴明而言已經不只是重要的客人了，更像是自己心愛的孫女。

昌浩和彰子都一樣，心裡有極大的創傷，需要很長的時間療癒。

老人嘆口氣，捶捶緊繃的肩膀。光是壓在心上大石頭的重量，就足以讓身體出現狀況了。

「晴明，快去休息。」

聽到六合的語氣，晴明聳聳肩說：

「真的很像宵藍就在這裡。」

「你愛怎麼講都行。萬一連你都倒下來，我們就進退兩難了。」

「我不會倒下來。」晴明立刻回應，瞪著外面說：「我怎能在這種時候倒下呢？要倒也要等事情解決，把公主送回家後再倒。」

這次晴明同行，就是為了保護脩子。現在脩子被搶走了，他的自尊心可不允許他就這樣倒下。

「是嗎？」

六合平靜地回應。晴明聽出他的聲音裡摻雜著柔和的語氣，訝異地眨了眨眼睛。

神將們都很了解晴明不認輸的個性，說那種話很可能是為了激勵他。

晴明瞄了六合一眼，寡言的鬥將依然面無表情，很難看出他心中在想什麼。相處了將近六十年，晴明還是無法解讀六合的表情。

但是他很清楚，六合只是不會把感情表現出來而已。

老人輕聲嘆息。

神將們總是時時刻刻在為他著想，這是他最大的心靈慰藉。

鈴鹿山中只聽得見雨聲。

晴明正在想，去裡面房間的風音不知道怎麼樣了？這時，風忽然動了起來。

風向跟之前都不一樣，雨滴斜斜打進了屋子裡。

風勢慢慢增強，把雨滴往上捲，形成漩渦。

厚雲與厚雲間的狹縫出現一個小黑點，不知不覺中，黑點逐漸擴大，沒多久便清楚呈現出人的模樣。

晴明站了起來。

「太陰！」

他不由得要衝下庭院時，被六合抓住了手臂，這才鎮定下來，舉起一隻手表示自己沒事，要求六合放開他。

六合默默聽從了命令，並小心地繞到老人背後。

就在兩人拉扯之間，太陰逐漸接近，伴隨著強風降落在臨時住所前。

「晴明，我回來了！」

可能是靠風把雨滴彈開了，太陰一點都沒淋濕。她身輕如燕地飛進臨時住所，站在晴明面前。

「對不起，比想像中更花時間……」

太陰的話中充滿歉意，同時沮喪地垂下肩膀。晴明平靜地對她說：

「回來就好。太陰，辛苦妳了，先坐下來吧！」

晴明叫孩童形象的神將坐下，自己也坐了下來。

太陰抱著膝蓋坐在晴明斜對面。

六合弓起一隻腳，坐在晴明身後。

太陰對著同袍說：

「後來有沒有發生什麼事？虛空眾沒再來吧？」

六合沉默地點點頭，太陰呼地鬆了一口氣。

「是嗎？那就好，我一直很擔心。」

聽說虛空眾會殺了所有見過他們的人，讓太陰坐立難安。

在只剩下晴明、彰子、磯部守直的臨時住所裡，隨從只有六合一個人。但是，六合不能攻擊身為人類的虛空眾，守直也在前幾天的襲擊中受了重傷。

可以實際應戰的人，只有他們的主子安倍晴明。

「風音剛剛回來，我聽說了伊勢的情況。妳覺得怎麼樣？太陰。」

太陰抬起視線回答晴明：

「嗯……我覺得……好像太過平靜了，空氣極度緊繃，還有……」

太陰瞥了一眼烏雲，稍作停頓沉思著。

「該怎麼說呢……感覺有點重。」

「重？」

「對，空氣有點重，可能是因為大氣中瀰漫著水氣。還有，風也往身上纏繞，感覺也很重。」

身為風將的她，可以靠神氣颳起大風。

「我只看到這些。風音怎麼說？」

晴明把風音說的話告訴太陰，她佩服地說：

「不愧是道反大神與道反女巫的女兒，我沒她看得那麼清楚，而且很快就離開伊勢了。」

告別神職人員和風音後，太陰就順著風勢返回京城了。

到達京城時，已經過了午夜。

按理說，應該會更早到達，但是這回空氣特別重，雨又直直向她打來，好像在阻擋

她的去路。

「我還是第一次被雨阻撓呢！」

太陰深鎖著眉頭，很難得看到她這麼嚴肅的表情。

忽然，晴明伸出手，把手指放在太陰的額頭上，幫她把皺紋撫平。

「晴、晴明？」

太陰不自覺地往後仰，按住自己的額頭。

晴明露出一副好爺爺的笑容說：

「這種表情不適合妳，會變成像宵藍那樣哦！」

太陰整張臉垮了下來，她可不想變成那樣。

「我才不要變成像青龍那樣。」

她縮起肩膀，在腦中整理思緒，要報告的事太多了。

「昌浩和騰蛇都不在家。吉昌已經睡了，我不好叫醒他。」

本想回異界一趟，但是一想到出發前同袍的模樣，她就裹足不前了。

「所以我去找了天空翁。」

◇　◇　◇

在安倍家所在的土地上，東北方有座森林。神將天空正待在森林裡，與龍脈相連的龍穴旁。

晴明不在家，替他守護安倍家結界的天空看到同袍忽然降落的神氣，掩不住滿臉訝異。

「太陰……妳應該跟著晴明的，怎麼會在這裡？」

被天空嚴厲地質問，太陰下意識地打直了背。

天空是十二神將的統帥，在同袍之中最具有威嚴。

不知道該從哪裡說起的太陰，在腦海中做了短暫的整理。

「呃……我有很多事要講，但也有更多的事要問。」

「怎麼了？」老人問。

「翁，昌浩為什麼不在房裡？他跟平常一樣外出夜巡了嗎？」

後面那個猜測，也可以說是她由衷的期望。為了謹慎起見，她來找天空之前特別進屋內確認過，結果昌浩和小怪都不在。

天空搖搖頭說：

「不是，他是接到聖旨，在主人啟程的第二天也去了伊勢。」

太陰花了一些時間才理解天空說的話。

「聖旨?怎麼回事?」

「當今皇上認為晴明需要協助，所以私下頒佈了聖旨。」

皇上的意思是，高齡八十歲的老邁晴明可能需要陰陽師輔助。

「昌親不放心昌浩獨自前往，就一起去了。」

事情完全出乎意料之外，太陰整個呆住了。

天空鄭重地詢問：

「看樣子，你們還沒會合吧?內親王一行人是不是已經到達伊勢的齋宮寮了?」

「咦……?啊，沒，還沒有，發生了大事。」

「什麼事?」

老人的語氣沒變，但表情蒙上了陰影。

太陰把到目前為止發生的事一五一十地告訴了老人。

包括攻擊脩子的神秘集團「虛空眾」，以及連續幾次的戰鬥。

還有，陷入絕境時，昌浩突然跟敵人一起出現，帶走了脩子。

天空聽了也大驚失色。

「真有這種事?」

「我幹嘛說謊呢？沒必要吧！」

說得有道理，天空滿臉嚴肅地沉默下來。

太陰慎重地向他確認：

「翁，昌浩跟昌親、小怪一起去了伊勢嗎？我要追上他們，他們真的去了伊勢嗎？」

「沒錯，如果妳不相信，可以等明天早上向吉昌確認。」

瞬間，太陰露出欲哭無淚的表情，緊緊握起雙拳，瞇起了眼睛。

「這樣啊……」

天空不可能欺騙身為同袍的她，因為既沒理由也沒必要。

太陰垂頭喪氣地嘆息著，突然湧上了強烈的疲憊感。她不禁暗自懷抱希望，說不定那天出現的不是昌浩，只是很像他的某個人。

這樣就可以說明他為什麼用那種態度面對彰子。既然是別人，彰子就不必那麼悲傷了。

然而在如此期盼之餘，她也心知肚明，那樣的法術、那樣的靈力、那樣的外型，都在在證明了他就是安倍昌浩。

儘管如此，為了彰子、為了晴明，她還是暗自懷抱希望。

眼看著太陰愈來愈消沉，天空平靜地對她說：

「妳是全速從伊勢趕回了這裡吧？晴明不在的這段期間，我會盡全力保護這個地方。時間允許的話，妳要不要回異界休息一下？」

太陰搖搖頭說：

「謝謝……可是我沒時間休息，要馬上回去找晴明。」

「是嗎……？不過，我想不通呢！」

正要轉身離去的太陰聽到天空的低喃，停下了腳步。

「翁，你想不通什麼？」

天空偏著頭，抓著落腮鬍說：

「出現的人真的是昌浩？」

「嗯……應該是，晴明也這麼講。」

天空臉上浮現了憂慮。

「既然如此，為什麼沒看到騰蛇？昌浩怎麼會跟敵人一起行動，沒跟昌親、騰蛇在一起呢？」老人喃喃說著：「不管是龍脈的暴動或昌浩的詭異行動，都教人難以理解。伊勢到底發生了什麼事……」

◊ ◊ ◊

昌浩他們奉皇上的旨意，也來到了伊勢。

這個出乎意料的發展讓晴明大吃一驚。

「皇上為什麼突然這麼做……」

太陰歪著頭思考，對困惑的晴明說：

「會不會是後來仔細一想，開始擔心你了？唉！既然事後會擔心，一開始就不要派你來伊勢嘛！」

語氣有點衝，可能是愈想愈生氣。

「太陰。」

始終沉默不語的六合安撫地叫了她一聲。

太陰不好意思地端正坐姿，改變了話題。

「天空說，昌親、昌浩和騰蛇是在我們走後的第二天出發的，但是後來的事，他就不知道了。」

聽天空說完後，太陰便離開了京城。全速衝回臨時住所的話，應該可以在午時抵達。

然而一離開京城，她就想到說不定會遇見昌親和騰蛇。

一路上，她小心看著他們可能經過的路線，因此花了不少時間。

「那昌親他們呢？」

太陰是一個人回來的，所以不用問也知道，晴明卻還是做了確認。

太陰表情陰鬱地說：

「沒找到……說不定他們是走不同的路到伊勢，我沒辦法一一確認。」

前往伊勢的道路不只一條，太陰沿途搜尋的是內親王脩子一行人走過的路線。她猜想，昌浩他們既然要追上晴明，應該會走同一條路，但是她的猜測看來並不準確。

「這樣啊……」

晴明嘆口氣，儘可能不讓人看出他的沮喪。

現在知道昌浩是隨他們之後趕來了。但是他為什麼會跟益荒等人一起出現，這點仍是個謎。

晴明很想占卜昌浩的行蹤，但這裡沒有那些器具。由於沒想到前往伊勢途中會發生這種事，所以自己極力減輕行李，真是一大失策。

昌浩他們究竟發生了什麼事？昌浩有紅蓮跟著，而紅蓮是十二神將中最強、最兇悍的。

晴明相信只要有紅蓮在，即使昌浩身陷險境也絕對不會有生命危險。

除非紅蓮不在昌浩身旁？如果不在，又是為什麼？應該跟他們在一起的昌親是否平安無事？是不是還活著？

一擁而上的思緒，讓晴明的心涼了半截。

昨天來帶走脩子的昌浩，看著他們時毫無反應。為什麼會那樣呢？明知再怎麼想也想不出答案，卻還是會情不自禁地往那裡想。

愈想愈悲觀，再這樣下去，自己的身體會撐不住。

晴明做個深呼吸。不安會帶來更大的不安，當恐懼上升時，人就會開始疑心生暗鬼。

「京城沒有什麼異狀吧？」

太陰點點頭，回答主人：

「沒有。放心吧！後來連地震都沒發生過。」

除了雨勢稍微增強外，沒有其他特別要報告的事。

「不過，鎮壓龍脈的鋼玉力量好像逐漸被削弱了。天空翁說，氣脈正一點一點騷動起來，只是還在人類感覺不到的程度。」

晴明這才想起被冥官奪走了神氣的神將們。

「太陰，宵藍他們怎麼樣了？」

「我沒回異界，所以沒見到他們，不過，聽說他們正慢慢康復中。」

「這樣啊……」

晴明安心多了，眼神也柔和許多。

「天空說天后昨天醒了，朱雀和白虎還起不來。青龍可以站起來了，但還不能到處走動……」

天空沒有提起最後一個人，太陰也不想追問，嚴格奉行「君子遠離危險」的格言。

想到太陰沒有說出口的另一位神將，晴明望向了遠方。替她取的名字裡，注入了咒語，也許應該在這時候啟動咒語。可是，身為人類的自己沒辦法去異界，除了自己和當事人之外，唯一知道這個名字的神將現在又行蹤不明。

既然如此，只能讓她獨自待著。

但是，他怎麼樣都放心不下。

晴明瞥一眼站在身後的神將。六合察覺到他的視線，眨了一下眼睛說：

「我拒絕。」

短短一句話，蘊涵著再堅決不過的意志。晴明拉下臉說：

「我什麼都還沒說啊！」

「光是去看看也要花很久時間，我不能離開你身旁。」

十二神將居住的異界與人界重疊，但次元不同，所以眼睛看不見。
同袍們在異界所待的地方，就在人界的安倍家正上方。
從這裡去異界，只是去跟這裡重疊的地方而已。到同袍那裡，在人界相當於從鈴鹿山頭到安倍家的距離。
以最快速度跑完不算短的距離，到達同袍待的地方，看一眼誰都不想提起的「一點紅鬥將」，再趕回來這裡，即使是神腳也要花半天時間。不管在人界或異界，要走的路、所花的時間都一樣。
不惜這麼做，只為了去看看聽說從來不曾這麼激動過的同袍，對事情有什麼幫助呢？
晴明從六合的表情看出這樣的想法，輕輕嘆口氣，端正了坐姿。
太陰環視周遭，問晴明：
「風音不是回來了嗎？怎麼沒看到她……」
六合移動了視線。
見黃褐色的眼眸往臨時住所裡面望去，太陰疑惑地皺起了眉頭。
晴明說：「在彰子那裡。」
嬌小的神將恍然大悟地張大了眼睛。

3

在勉強保持完好的房間裡，彰子聽著雨聲，望著窗外。

陰鬱低垂的烏雲是偏黑的灰色。陽光照不到的世界，給人只有黑夜的錯覺。

雨下個不停。

風音對看著窗外一動也不動的背影叫了一聲：

「藤花小姐……」

她沒有回應，可能是以為風音叫的不是自己。

風音昨天跟磯部的人一起回伊勢前，幫她洗了沾滿污泥的頭髮。

要擦乾濃密烏亮的黑髮很花時間。仔細看，彰子的頭髮還有點濕。這樣的天氣，恐怕沒那麼容易乾，必要的話，也許應該用太陰的風把濕氣吹走。

「妳的頭髮好像還沒完全乾呢！太陰剛剛回來，要不要請她用風幫妳吹乾？」

風音走到她身旁，彎下腰來。

悄然一看，彰子臉上有乾掉的淚痕，但沒在哭，那樣子反而更教人心痛。

「彰子小姐……」

叫她的真名，她也沒動。

可能是心凍結了。因為不停地哭，哭到淚水乾枯，心也跟著凍結了。

風音在她身旁坐下來，跟她一樣看著外面。

雨勢沒有減弱，敲打著地面的聲音也沒變。從開始聽見這聲音到現在究竟過了多久？

那厚厚的雲層上面應該有太陽。但是，雨實在下得太久了，要花些時間才想得起來光線的強度。

就算再熟悉的事物，久沒看到，也很難想得起來。

即使再重要的人，太久不見，也要花些時間才能想起對方的模樣。而且離開得愈久，就愈模糊。

舉個例子，曾經相處過那麼久的智鋪宗主的樣貌，在風音腦海中已經變得模糊，幾乎完全想不起來了。對他的種種情感，也隨著時間一點一點地淡去了。

人類的記憶是很不可靠的。

不知道這樣坐了多久，沉默的彰子終於喃喃開口了。

「……一定是……」

風音默默注視著彰子。彰子望著正前方，眼眸微微蕩漾著。

虛弱無力的聲音從她毫無血色的蒼白嘴唇溢出來。

「是……報應……」

「什麼意思？」

彰子放在膝上的雙手緩緩移動著，握起了拳頭。

抓緊衣服的拳頭輕輕顫抖著。

「因為我逃開了……」

說是為了他，其實是為了自己。

自己一直在欺騙自己，拚命隱藏真正的想法、害怕的事。她蒙蔽了自己的心，撒下彌天大謊。

是因為無法面對他，才離開了他。她是為了自己而逃開的。

沒想到在無路可逃的險境中，昌浩突然出現了。

明明很害怕的，怕面對那雙眼睛，所以逃開了，然而從心底深處湧現的願望卻只有一個——

那就是想見到他，真的、真的很想見到他，但是又怕被他看出自己因為恐懼、迷惘而自我蒙蔽的心。

總覺得已經被他看穿了。

「所以……」

突然出現的昌浩，像是在苛責自己沒有資格見到他。

因此，彰子再也站不起來了。

她不敢說出「想見到他」的願望。話語是言靈，言靈具有力量，現在的她害怕那股力量。

「想見到他」是真正的心願。這樣的心願一旦被否定，她還能抓住什麼？恐怕再也無法面對他了。會把事情搞成這樣，都要怪自己懦弱。

在聲聲嘆息中，彰子不斷責備著自己。

風音閉起眼睛，默默聽著彰子生澀的告白。

她的恐懼，也存在於風音體內。這世上，所有人都有這樣的恐懼。

「……沒有我……」

淚水再次從彰子臉上滑落下來。

昌浩心裡沒有彰子，他的眼睛直接掃過了彰子，這是多麼可怕、多麼悲哀又多麼殘酷的事。

所以，這一定是自己逃開他的報應。

不管在心中對他吶喊多少次「不要走！」，都發不出聲音來。

昌浩當著彰子的面，把脩子帶走了，連看都沒看彰子一眼。

「我不能……再跟他見面了……」

彰子害怕再見到他，因為若再經歷一次這樣的事，她一定會心碎。

風音平靜地問心灰意冷的彰子：

「為什麼不能跟他見面？」

彰子緩緩地搖著頭。

「不能跟他見面？真的嗎？妳不想確認他為什麼會那麼做嗎？不想確認他為什麼會當妳不存在嗎？」

風音的語氣從頭到尾都很平靜，沒有責怪彰子的意思，純粹只是詢問。

彰子慢慢地轉向風音。

「確認……？」語氣帶著畏怯。

彰子被淚水濡濕的眼眸裡，映著風音的身影。

表情沉穩的風音，在彰子烏黑的眼眸中點著頭說：

「千萬不要搞錯了，最重要的不是昌浩怎麼想，而是妳現在怎麼想？妳想怎麼做？」

壓抑住自己的心，只為對方著想，終有一天會出現裂痕。

「想想看，不為任何人，只為妳自己，想想看妳想怎麼做？」

不要粉飾太平，不要偽裝自己，想想自己的心到底要什麼？

「當然，昌浩怎麼想也很重要。可是從以前到現在，妳都是以他為優先吧？也因為這樣而救過他，不是嗎？」

彰子的眼眸劇烈搖曳著。真是這樣嗎？如果是，她不知道有多欣慰。

風音平靜地對全身僵直的彰子說：

「然而，那不是妳現在要想的事。現在最重要的是，妳想怎麼做？」

「我……我……」

她不知道她想怎麼做。

經歷過這麼多事，心中有好幾種聲音。該選哪個才好呢？她不知道選擇哪一個，心痛才會消失。

看到彰子眼睛眨也不眨一下地注視著自己，風音吞吞吐吐地說：

「我這一路走來，犯下了很多罪行。它們永遠不會消失，我必須背負著這些罪行，隨時找機會贖罪。」

風音總是要求自己把事情做到最好，在自己的能力範圍內盡全力去做，希望多少可以彌補自己的罪行。即使如此，還是無法完全消除她所犯的錯。

風音心裡也有傷痕。疼痛存在於記憶裡，不可能完全消除，但是她沒有被困在那裡停滯不前，而是選擇一點一點地往前進。

不管再痛、再難過，都不可以摀住耳朵、閉上眼睛。

「然而，那也都是自己的選擇。既然是自己的選擇，就一定不會後悔。」

不管任何事，只要是自己選擇的路，就不太可能後悔。

「彰子小姐，請不要做錯誤的選擇。現在的妳因為太痛苦了，所以很想逃往對自己最輕鬆的路。」

彰子愣住了。

面對說不出話來的彰子，風音的聲音還是那麼沉靜。

「既然發現自己逃開了昌浩，為什麼還要繼續逃呢？妳不是已經知道逃避只會更痛苦而已嗎？」

風音稍作停頓，忽然苦笑起來。

「對不起，我沒有責怪妳的意思，可是語氣就是會不自覺地嚴厲起來。」

彰子赫然屏息，慌張地搖著頭。風音想說的話，她全都聽懂了。

她只是不知道該怎麼回應，心情好亂，整理不出頭緒。

「不要忘了，最重要的是妳想怎麼做？妳心中最期望的是什麼？」

「……」

想怎麼做？最期望的是什麼？在責備自己的背後有著被壓抑的真正心願，那是怎麼樣都抹殺不了的。

彰子表情扭曲，擠出聲音說：

「……即使被討厭？」

即使被討厭。

即使被遺忘。即使被拒絕。

也想待在他身旁——想見到他。

就算再也見不到他，也沒有人能阻止自己這麼想，連自己都無法阻止。

唯獨心，是誰也搶不走的。

「我想見他，即使……」

即使他心中絲毫沒有我的存在。

只要我記得就行了。我的心是我的，誰也無法阻止我那麼想。

「想法」是誰也阻止不了的。「想法」與「期盼」，沒有人搶得走。

這才是比任何東西都強而有力、都實際屬於自己的依靠。只要自己心中還存在著不會崩毀的東西，不管倒下幾次，都還能再爬起來。

而且，只要不忘記那東西，心就不會毀滅。

彰子雙手掩面，低聲啜泣起來，風音輕輕地摟著她。

纖細的肩膀顫動著，哭泣聲逐漸融入了雨聲之中。

不管多麼傷心、多麼無法承受，她心中的期盼也不會改變。

閉上眼睛，就可以看見彰子千瘡百孔的心，而那些傷口慢慢癒合了。

但在傷口深處，有東西悄悄蟄伏著。

風音臉上浮現厲色，心想那就是異邦妖魔植入的詛咒嗎？

她很希望自己能除去侵蝕彰子的詛咒，無奈植入的地方太深，遠遠超出想像。

妖魔的詛咒已經潛入彰子體內的最深處，與身體同化了。靈魂的波動與詛咒的脈動幾乎完全一致。之所以沒有暴動起來，是因為有陰陽師源源不絕的封鎖之術。

那麼，有沒有新的法術可以凍結住詛咒，從此不需要有陰陽師陪伴在身旁呢？

直覺告訴風音，沒有這種法術。既然已經同化了，那麼凍結詛咒，就等於是終結彰子的生命。

不封鎖的話，會消磨彰子的生命。可是長久下來，她還是會被詛咒吞噬。

無計可施。

「……」

風音悄悄嘆息，沒讓彰子察覺。

既然如此，希望至少能消除彰子現在的疼痛，風音不禁這麼想。

而主要關鍵就是行蹤不明的昌浩。

他到底帶著脩子去哪裡了？

◇　◇　◇

——這個答案不久就揭曉了。

傍晚，當太陽的氣息從烏雲上方消失時，晴明等人齊聚一室。

敵人來襲時，聚在一起比較好發號施令。彰子與守直的房間都佈設了跟圍繞臨時住所不同的結界，可以在出現異狀時立刻傳達訊息。

晴明對身受重傷的守直與虛空眾之間的關係存疑。

——虛空眾……你們休想再殺我……！

聽風音說，守直在昏迷前這麼喃喃叫著。

也就是說，他被殺過一次。虛空眾見到守直時，的確也大喊了一聲：「你還活著？」

漂浮在伊勢海上的海津島，有座海津見神宮，據說虛空眾與那座神宮有關係。但是，他們跟帶走脩子的益荒、阿曇，卻又像是處於敵對狀態。

益荒和阿曇到底是什麼人？若能得知他們的來歷，說不定可以找到什麼線索，查出脩子和昌浩的下落。

到了夜晚，氣溫就會下降，所以關起了木拉門。

有個黑影在屋簷下降落。

閉起眼睛聽著雨聲的六合第一個發現。

「……」

六合悄悄站起來，晴明訝異地問：

「怎麼了？六合。」

他瞥了主人一眼，靜悄悄地拉開木門。太陰也歪著頭，從六合背後往外看。

神將們的眼睛在夜間也看得很清楚。兩人的視線徘徊了好一會後，終於看到屋簷下的一團黑塊。

「啊……」

太陰輕叫一聲，張大眼睛，把視線轉向高大的同袍，看到他露出無法形容的複雜表情。

六合走到屋簷下，單腳蹲下，伸手拎起黑色團塊。

在燈光的隱約照射下，風音一看到六合手上的東西，立刻站了起來。

「嵬……」

那是一直不見蹤影的她的守護妖。

內親王脩子很喜歡這隻烏鴉，常抱著它睡覺。回想起來，當虛空眾來襲時，脩子應該也抱著它。

烏鴉聽見有人叫它的名字，便動了動翅膀，緩緩地抬起頭。

「哦……公主……太好了，妳沒事。」

然而一發現拎著自己的人是誰，烏鴉立刻氣得大叫起來：

「喂，神將六合，你幹嘛拎著我？哼，把我放下來，快放下來啊！」

剛才還氣若游絲的烏鴉突然精力充沛地大叫，太陰看得目瞪口呆。

「討厭得這麼徹底，還真該稱讚它呢……」

從嵬的反應，可以知道六合待在出雲時受到了怎麼樣的待遇。

「嵬，你不是跟脩子公主在一起嗎？」

被心愛的公主抱著，烏鴉全身都散發著喜悅。

「公主！沒錯，我是跟脩子公主在一起，但是為了通知公主，我單獨逃出來了！」

所有人都臉色驟變。

晴明彈跳起來。

「那麼脩子公主在哪裡？」

躺在風音懷裡的烏鴉轉向晴明說：

「哦，安倍晴明。要在雨中持續飛行困難重重，我差點就被雷擊中了，但是為了維護道反大神的名譽，我沒有輸給雷神。」

烏鴉得意地挺胸說。晴明急匆匆地追問：

「脩子公主和昌浩到底在哪裡？」

「在那裡。」

烏鴉啪唦張開了翅膀。四對眼睛同時轉向翅膀所指的地點——東方——，那是太陽上升的方位。

「嵬，到底是哪裡？公主他們在哪裡？」

「我也不知道啊……」

烏鴉困惑地喃喃說著。它是從那個方向飛來的，所以只知道是那個方向。

晴明正要深入追問時，響起了有些嘶啞的聲音。

「應該是在……伊勢海上的島嶼吧……」

晴明轉過身看。

臉色蒼白的守直正按著被虛空眾砍傷的地方，靠在柱子上。單衣下纏繞著好幾層紗布，還微微滲著血。由於傷得太重，所以紗布下面就算貼了晴明寫的止血符，也無法完全止住血。

「守直大人，你還不能動……」

守直突然差點倒下來，太陰反射性地扶住了他。

看到飄浮在半空中那個孩童模樣神將竟然能撐住自己這個大人，守直露出驚訝的表情，但很快想到她是神將，並非人類，就不覺得奇怪了。

在太陰的攙扶下，守直蹣跚地往前走。

「既然是益荒他們帶走了脩子公主，那麼……目的地毫無疑問是海津島。」

守直瞇起了眼睛，像是在追逐什麼。

「他們只可能去玉依公主所在的海津見宮。」

守直的臉色更蒼白了，勉強站著的雙腳突然虛脫地跪了下來。

太陰一時重心不穩，不由得鬆開了手，六合趕緊代她扶住守直，讓他平穩地躺在地上。

膚色慘白的守直，身體冰冷得嚇人，晴明抓起了附近的大衣幫他蓋上。

守直的呼吸淺而急促，要花一些時間才能緩和下來。

燈台的火焰吱吱作響，雨聲聽起來也特別響亮。

過了好一會，守直才抬起眼睛看著晴明說：

「晴明大人……脩子公主應該是在海津島……快去海津島的……海津見宮，把她接回來……」

聽了男人的話，風音懷裡的嵬用力點著頭說：

「沒錯，那座神宮是在海面上，原來那座島是海津島啊！」

頻頻點頭的嵬霍地轉向風音說：

「公主，我清楚記得神宮的位置。你們要去接脩子公主的話，我可以帶路。」

太陰緊握雙拳，對得意揚揚的烏鴉說：

「幹得好，烏鴉！」

嵬霎時吊起眼角說：

「沒禮貌！我可是侍奉道反大神的高貴守護妖呢！妳竟然叫我烏鴉！」

看到齜牙咧嘴的嵬兇巴巴的樣子，太陰的語氣也變得粗暴。

「你本來就是烏鴉啊！不然要叫你什麼？」

嵬正要應戰時，被風音封住了嘴巴，六合也同時滑進了太陰前方。

晴明沉著地詢問呼吸不太順暢的守直：

「守直大人，我想請教你一件事。」

橙色燈光照在晴明的臉上，形成了陰影，守直惶恐地皺起眉頭看著他的臉。

「你說不會再讓他們殺了你，是什麼意思？」

守直的表情明顯緊繃起來，晴明又窮追不捨地逼問：

「虛空眾是替海津島的秘密神宮『海津見宮』做事的戰鬥集團吧？他們跟益荒還有自稱阿曇的女子是敵對狀態。現在脩子公主被益荒他們帶走了，你卻說脩子公主被帶去了海津島？」

「……」

「總不會虛空眾和益荒他們，都是替海津見宮做事吧？」

守直沒有回答，晴明把他的沉默當作是肯定。

於是，晴明的語氣更尖銳了。

「守直大人，我記得你曾經說過『不能把脩子公主交給島上的度會，如果落入他們手中，長眠於地底下的龍就會暴動』，對吧？我想你說的龍，應該就是龍脈、氣脈，可是……」

晴明瞥了風音一眼。從伊勢回來的她報告說，把脩子送到那個地方，恐怕會有生命危險。

這件事大有問題，怎麼樣都兜不起來。天照大御神透過伊勢齋王的身體頒佈的神詔，經過神將們的確認，已經確定是真的。然而，現在晴明的直覺卻告訴他不對。

神詔的確是來自天照大御神，但是晴明心中有個聲音告訴他，不可以把內親王送進伊勢。

沉默了好一會後，守直似乎放棄了什麼堅持，深深地嘆口氣說：

「原來如此，真的不能對安倍晴明掉以輕心……」

不知是認命，還是自嘲，守直的嘴角浮現疲憊的笑容。

屬於磯部氏族的他閉上眼睛，思索著該怎麼開口，接著沉著地張開了眼睛。

「我就告訴你吧！反正再也瞞不住了。」

4

伊勢海上有座島嶼，名叫海津島。島上有座秘密神宮，被稱為「影子神宮」。

伊勢神宮祭祀的天照大御神，被當作皇祖神、太陽神。

而海津見神宮祭祀的天照大御神，卻是被當作侍奉更高位神明的女巫神。

天照大御神侍奉的更高位神明，名為「天御中主神」，是原始的光芒，也是全世界天地萬物的根源。

以前，晴明聽守直這麼說過。

海津見宮有個女巫，名叫玉依公主。在海津見宮服侍神明的度會氏族，是從伊勢的度會氏族分出來的。為了隱瞞他們的存在，才成立了暗殺集團「虛空眾」。

伊勢神宮請來內親王脩子，是為了讓她取代臥病在床的齋王恭子公主，成為神的依附體。

而海津見宮也很強勢，非搶到脩子不可，但是目的不明。

在臨時寢宮擔任脩子貼身侍女的阿雲，據說出自志摩國的豪族。行動詭異的她，竟然就是那個白髮女子，擁有的神通力量足以匹敵十二神將。以目前的情形來看，她應該是跟那個叫益荒的非人類同夥。

益荒他們也想奪得內親王脩子，與虛空眾強烈對立。

經過激烈戰鬥，最後奪走脩子的人，竟是跟益荒他們一起出現的安倍晴明之孫昌浩。

到目前為止，只知道這些，接下來就是一堆疑問了。

虛空眾是替海津見宮做事的，而益荒他們與虛空眾對立。那麼，被益荒他們帶走的脩子又怎麼會在海津見宮裡呢？

在晴明、風音、兩名神將與一隻烏鴉的注視下，磯部守直娓娓道來。

「虛空眾是替島上的度會氏族工作……而益荒和阿曇是服侍玉依公主的隨從。」

晴明眨了眨眼睛。

「玉依公主的任務是聆聽神的聲音吧？」

「是的。」

「那麼，島上的度會氏族應該跟伊勢的神職服侍伊勢齋王一樣，服侍玉依公主才對吧？」

守直疲憊地點點頭說：

「沒錯。」

風音與六合視線交會，她的眼神訴說著想盡快趕到脩子身旁，但是六合沉默地制止了她。在沒有取得詳細資料，還不知道海津島是怎麼樣的地方之前，只有鬼知道島的位置，也太危險了。

守直試著靠手肘撐起身體。晴明和太陰趕緊扶他一把，讓他坐起來靠在牆上。守直按著傷口，喘了一口氣。

「安倍晴明的護身符果然名不虛傳，很有效，這樣的傷口就像擦傷。」

守直瞇起眼睛，喃喃地低聲說著：

「如果那時候我也有這樣的力量，或是……」

晴明訝異地看著守直，他輕搖著頭說：

「從伊勢與志摩之間的邊境搭船，只要半天時間就可以到達海津島，那裡是外人絕不能進入的禁域。」

這件事，晴明已經聽他說過，這次他是在說給風音和神將聽。

「益荒和阿曇是玉依公主的隨從……也許應該說是神之使者，因為他們是神派來服侍玉依公主的。」

原本默默聽著的風音，此時嚴厲地瞪著守直說：

「那益荒和阿曇奪走脩子公主，是玉依公主的命令囉？」

這不是詢問，而是確認。

風音滿臉肅殺，雙眸燃燒著憤怒之火。這股不斷累積的沉默憤怒是針對強行帶走脩子的人。

「帶走脩子公主的人的確是益荒他們……」守直表情扭曲，低聲嘟囔著：「但是，我不認為玉依公主會做那種事，她不會……」

臉色蒼白的守直又接著說：

「晴明大人，你會去救脩子公主吧？」

「當然會！」

回答的是怒氣沖沖的太陰。

「那麼我有個請求，請帶我一起去。」

晴明啞然失言。

守直的傷勢很嚴重。即使有護身符止血，也必須安靜休養。如果可以動，早就把他跟其他磯部的人一起送回伊勢齋宮寮了。

「可是你的身體……」

「沒關係，經過晴明大人的治療，我並不覺得痛，而且……」

守直說到這裡，全身顫抖起來。

「錯過這次，我就再也沒有機會去那個島上了。只有這一次了，我……」他握緊了拳頭說：「我必須見到玉依公主，我……」

他滿臉哀痛，椎心泣血地低嚷著：

「我必須見到她，問她一件事……！」

問她為什麼？問她當時無法直接問出口的事。

就算不惜付出生命的代價，也要去問她。

晴明和其他人面面相覷。

風音打算立刻前往那座島嶼。嵬也要一起去的話，最好是太陰同行，直接從空中飛過去。

晴明也很想去海津島，但是不能把彰子丟在這裡。若晴明留下來，隨侍在側的六合就不能離開。

不過，六合一開始就沒打算離開，因為他知道風音除了她自己以外，不會讓別人去救回脩子公主。

在風音懷裡的烏鴉默默看著事情的發展。

守直問聽得懂人話的烏鴉：

「你在海津島見到了什麼人？」

嵬搖搖頭說：

「沒有，我從脩子公主的懷裡掙脫出來，爬上沒有燈光的石階通道，逃出壯大雄偉的神宮後，追逐公主的靈力回到了這裡。」

所以當被問到地點時，它只能說「在那個地方」，因為飛行途中沒有注意方向。

不知道守直期待的是什麼答案，他悄然低下頭，咬住了嘴唇，但很快又抬起頭懇求晴明：「晴明大人，求求你，請命令神將帶我一起去。」

「晴、晴明，千萬不可以！」

太陰慌忙介入。再怎麼說，讓受傷的人搭乘她的風都太危險了。

「晴明大人，我沒關係，求求你……！」

晴明沉默地交互看著式神和年輕人，再看看道反大神的女兒。帶著受傷的人上路，行動勢必受到限制，會大大降低她的應變能力。

風音以銳利的眼神盯著守直，然後轉向晴明，默默點了點頭。

「那麼，守直大人，老實告訴我理由吧！」

「我說出來，你們就會帶我一起走？」

晴明嚴肅地對氣喘吁吁的守直說：

「那要看你的理由成不成立。」

守直遲疑了一會，無力地閉上眼睛，垂下肩膀說：

「我知道了。」

午夜過後，臨時住所的前庭颳起一陣龍捲風。

三個身影被捲入風中，凌空飛翔而去。

在臨時住所的屋簷下目送他們離去後，晴明抬頭看著下雨的天空，沉靜地開口說：

「這場雨……」

高大的神將沉默地看著主人。

「說不定是……悲嘆的雨……」

在其他房間的彰子從窗戶注視著他們兩人的背影。

風音、嵬和磯部守直都搭乘太陰的風飛走了。

是去哪裡呢？彰子不知道詳細情形，只能揣測他們離開一定是為了去救內親王脩子。

去救被昌浩帶走的脩子。

彰子瞇起了眼睛。

年紀雖小卻很會替她設想的脩子公主身影，在她內心浮現。脩子公主一直壓抑著自己的情緒，看到在困境中出現的昌浩、看到他太陽般的笑容，脩子就把手伸向他，哭著緊緊抱住了他。

彰子聽昌浩說過，以前因為某種機緣而與脩子公主接觸過，不過並沒有詳細告訴她是在怎麼樣的情形下，有過怎麼樣的往來。

什麼事可以知道？什麼事不用知道？什麼事又不可以知道？

若要跟昌浩一起生活下去，就必須把這些事正確地劃分清楚。

所以除了昌浩自己提起的事之外，彰子從來不會打破砂鍋問到底。

她抬頭望著烏雲密佈的天空。

風音問過她好幾次，打算怎麼做？

「我想見到他……」

見到他，然後——

彷彿看到了一線希望。

彰子雙手交握，閉上雙眼祈禱。

✕ ✕ ✕

像瀑布般從屋簷傾瀉而下的雨水形成了多處水窪。

安倍昌親無所事事地眺望著那些水窪，輕輕嘆息著，扭動脖子。

內親王脩子抓著他的狩衣袖子，裹著外衣睡覺。

聽著她規律的鼾聲，昌親微微笑了起來。

他有個才沒幾歲的女兒。妻子體弱多病，所以再生個弟弟或妹妹的可能性很低。

女兒還是個不會走路的嬰兒時，昌親就覺得她的五官輪廓很清楚了。哥哥成親聽到他這麼說，調侃他眼中只有女兒。

就算被說成眼中只有女兒，昌親也無所謂。看到女兒出生時四肢健全，活潑、健康地成長，臉上永遠掛著甜美的笑容，他就滿足了。

他真的覺得全世界再也沒有人比自己更幸福了。當他正經八百地把這個想法說出來時，又被哥哥嘲笑：「不只你啊！」

應該是吧？但可以肯定的是，絕對不會有人比自己更疼愛這孩子。因為是女兒，總有一天會跟某人結婚吧？昌親現在就已下定決心，對方必須是有相當來歷的貴公子，否則他絕不答應。

成親曾經很認真地對這麼想的昌親提議過，要不要從他的兒子裡選一個？昌親正在慎重考慮中。④

成親是藤原一族的參議的女婿，妻子是參議膝下唯一的孩子，所以成親雖然還是姓安倍，但他的孩子應該會繼承參議的家業。

昌親堅持，女兒出嫁後必須是正室，想必成親也不會反對。

不過，最重要的還是女兒的意願，他不希望女兒因兩家的利益而結婚。

其實想這些事都還太早了，成親、昌親兩兄弟卻常常討論得很認真。

「不知道哥哥他們好不好……」

離開京城的時間並不長，但是接二連三發生了太多事情，感覺好像已經過了一、兩個月。

看著沉睡中的脩子，昌親又嘆了一口氣。

他被軟禁在海津見宮的東廂房間裡，昨天快傍晚時，阿曇帶著脩子來了。

阿曇丟下脩子後，就往東廂的最裡面去了，可能是回到齋的身旁。

被留下來的脩子顯得很害怕，臉色蒼白。剛開始她對昌親也充滿警戒，不肯靠近他。

小怪還是沒回來，昌浩也不見蹤影，昌親耐心地消磨著時間。

脩子看著這樣的他，覺得他不是什麼可怕的人，才慢慢地解除戒心，戰戰兢兢地開口跟他說話。

當脩子問這裡是哪裡時，昌親就把自己所知道的告訴她，然後詢問她的身分，她猶豫了一會才回答。

昌親是下級貴族，又只是陰陽寮的天文生，這樣的身分沒有資格上殿，而且，恐怕一輩子都沒有機會見到皇室的人。

當他知道眼前這個女孩是當今皇上的女兒時，大驚失色。一來驚訝她怎麼會在這裡？二來擔心應該跟她在一起的祖父他們是不是安全？種種情感在內心縱橫交錯，讓昌親一時說不出話來。

他告訴害怕的脩子，自己是安倍晴明的孫子，脩子這才放心，而且當場癱坐下來，倚靠著他伸出來的手，閉上了眼睛。

好像有點發燒的脩子，脩子就從那時候一直睡到現在。

有時阿曇會來看看情況，昌親就請她替脩子帶來一件外衣。教人吃驚的是，昌親什麼都沒說，她就主動帶來了水瓶及退燒用的湯藥。

她說是齋的指示。

昌親不是很了解度會的神官，不過，他覺得齋和阿曇應該不是什麼壞人。

他擔心還沒回來的小怪，也擔心沒再出現過的齋。

最後一次見到齋時，覺得她的背影看起來無助又孤獨。幫她拍掉頭髮上的灰燼時，她顯得很緊張。

昌親不經意地看著當時幫她拍掉灰燼的手。

——在你還沒有被黑暗囚禁、沉淪之前。

他想起來這裡之前，益荒對昌浩說過的話。益荒和阿曇是奉齋的指示帶走昌浩和騰蛇的。自己是因為正好在場，所以一起被帶來了。

不曉得昌浩怎麼樣了？

昌親相信齋。他也很難明確地說出為什麼，只是直覺告訴他，齋值得信賴。

「昌浩跟騰蛇不會有事吧……」

他喃喃說著。

忽然，躺著睡覺的脩子動了一下。沒多久，昌親屏住氣息、全身僵直、心跳加速，視線一移動，就看到高大的身影。

變回原貌的紅蓮把昌浩扛在肩上，臉看起來很臭，而且不知道是不是自己太多心了，昌親覺得他扛著昌浩的樣子也很草率而粗暴。

「騰、騰蛇……？」

紅蓮大步走到昌親附近，把昌浩從肩上放了下來。動作還是那麼粗暴，但有小心不讓他的頭碰撞地面。

昌親訝異地問：

「騰蛇，昌浩怎麼了？」

才一眨眼，紅蓮就變成了異形的模樣，皺著眉頭說：

「不用擔心，他只是睡著了。」

要不要把在地下祭殿看到和聽到的事統統告訴昌親呢？

紅蓮想了一會，覺得還是等昌浩醒來再說比較有效率。

帶回脩子後又進入療癒之眠的昌浩，從那時起整整睡了一天多，還沒有醒來的跡象。

在地下三柱鳥居中央暴動的金龍，現在被益荒的力量與玉依公主的祈禱鎮壓住了。

但是，地脈的暴動隨時都有可能變得更加劇烈。

是齋要紅蓮把昌浩帶到上面來，說療癒結束後，他自然會醒，那裡已經用不著他了。

齋認為脩子對昌浩不會有戒心，才拜託昌浩去將脩子帶來。益荒和阿曇都不是人類，與虛空眾處於敵對狀態，有時會展現令人畏怯的酷烈感。脩子看到他們那種酷烈的模樣，恐怕不會乖乖地跟他們走。

而且，齋並不想恫嚇脩子。

脩子是天照大御神的後裔，也就是神的靈魂分身。齋把她帶來，是想請她擔任下一代的玉依公主，讓她陷於恐懼絕不是齋的本意。

但是，每件事都被齋搶先一步，小怪想起來就有氣。

益荒和阿曇隨時都保護著齋和玉依公主，既然知道了所有的原因和理由，目前就必須避免跟他們大打出手。
他們說，一旦地脈停止暴動，地震就會平息。至於這場久久不停的雨，也是因為大地之氣混亂，才會引發天神的混亂。
他們說只要玉依公主退位，讓脩子成為新的依附體，聆聽神的聲音，天與地就會同時沉靜下來——真是如此嗎？
乍聽之下，他們的說法似乎很有道理。然而，小怪——紅蓮總覺得哪裡有問題。
為什麼齋的生命本身就是罪孽？要給玉依公主死亡之安寧又是什麼意思？
齋的目的是要殺了玉依公主嗎？為了什麼？
猛抓著脖子一帶的小怪臉愈來愈臭，怎麼樣都理不出頭緒。
「騰蛇，昌浩真的沒事吧？」
昌親鼓起勇氣確認。小怪嗓音低沉地回應：
「什麼？」
「啊，沒有，呃……」
小怪眨了眨眼睛，用前腳抓抓臉頰，覺得不該拿昌親出氣。
「他好像是在快墜落黑暗前，被及時救了起來。不過，我不知道那個創傷是怎麼樣處理的。」

儘管如此，現在沉睡中的昌浩臉上沒有一絲痛苦。

從出雲回來後，昌浩不曾有過這麼安穩的睡臉。

他一睡著就作夢。在夢裡，沒辦法理性地駕馭自己。脫韁的心騷動起來，每晚每晚都苛責著自己、折磨著自己。

小怪覺得光是這點，跟益荒他們來這裡就沒有白來了。

它轉過頭觀察天空的模樣。陽光被逐漸增厚的雲層遮蔽，完全照不到地面。現在離黑夜還有一段時間，卻已經像傍晚一樣昏暗。

小怪瞥見沉睡中的脩子，露出深思的眼神。

脩子雖是太陽神的靈魂分身，但她本身應該沒有多大的力量。齋他們所要的，是可以成為依附體的脩子。

這時，從地底深處湧現了低沉的咆哮聲。

小怪與昌親緊張地倒抽一口氣，小心察看狀況。

震動地面的低重音持續了很長一段時間，聽起來很可怕。

他們說，三柱鳥居底下聳立著支撐國家的柱子。那麼，這陣地鳴聲是來自那裡嗎？

啞然失言的小怪聽見微弱的聲音說：

「祂生氣了……」

小怪和昌親都赫然轉移了視線。

裹著外衣的脩子睡眼惺忪地睜著眼睛。

「祂很生氣……很悲哀……所以神……」

脩子說完，又閉上了眼睛。

小怪與昌親面面相覷。

「神……？」

脩子沒說完的話，究竟是什麼呢？

小怪的陰陽講座

④日本從奈良時代以前，皇族以及貴族就有近親通婚的習慣，除了確保血統純正之外，也有政治方面的考量。對於現代人來說，這實在很不可思議吧！

5

在夢與現實間的夾縫裡，說不定隱藏著誰都不知道的真相，以及誰都不知道的事實。

✦ ✦ ✦

昌浩抱膝而坐，目不轉睛地盯著柱子。

這是地御柱，是支撐著這個國家的巨大柱子，也是神的化身。

柱面上佈滿了黑繩般的東西，仔細看，還微微蠕動著。

昌浩將雙手疊放在膝上，再把下巴抵在手背上，默默注視著柱子。

這究竟是夢呢？還是現實呢？他搞不清楚。

說不定兩者都不是，也說不定兩者都是。如果是夢，想見到某人就可能見得到；如果是現實，就會成為難以實現的願望。

儘管有所領悟，昌浩還是無法從那裡站起來，因為他的心還沒有完全平靜下來。

聽說自己躲過了墜入黑暗的劫數，心裡的傷已經癒合。從痛苦衍生出來的記憶，只要隨著時間一點一點地流逝就行了。

心的痛楚是來自無法忘記事件的記憶和自我的苛責，而非傷口。

痛苦的記憶不可以完全消除。一旦消除，連為什麼負傷的經過都會從自己體內消失，這樣反而無法解決任何事。

更何況，他忘不了彰子曾試著保護自己的事，忘不了彰子那分心意，也不可以忘記。

昌浩盯著自己的雙手，陷入了沉思中。

長久以來，自己都是竭盡全力，不顧一切地奮戰。

他很不喜歡神將們為了保護自己而受傷，還曾經因此斥責過他們。

然而，真要追究起來，或許應該怪昌浩自己從來沒有好好珍惜過自己。

當彰子挺身擋刀時，昌浩的心臟幾乎凍結了。極大的恐懼襲向他，差點擊碎了他的心。

他閉上眼睛回想。回想明明知道，但轉眼間就會輕易遺忘的事。

他張開眼睛，看著柱子。那些黑繩是人類的心製造出來的。

有人的心被黑暗熏染了。那樣的心產生負面思想，製造出那些繩子，一圈圈往柱子上纏繞。

玉依公主說不能砍斷它們。可能是因為一砍斷，所有意念就會反彈回到施放者身上。

而神的旨意是，砍斷它們以保護支撐國家的柱子，因為必須保護國家。

因此，昌浩思索著。

怎麼做才能保護國家，又能保護施放負面思想的人們呢？

佈滿柱子的邪惡意念是來自墜落黑暗的人類之心，說不定，自己也曾經是其中之一。

事實上，昌浩的確被告知，如果他被黑暗吞噬了，極可能讓柱子粉碎掉。

自己差點成了毀滅重要的國家、毀滅所愛的人居住土地的主因。

昌浩看著自己的手，胸口深處偶爾會隱隱作痛。

這樣的疼痛真的會有消失的一天嗎？

「傷口已經癒合了……」

「雖然癒合了，但傷口本身並不會完全消失。」

聽到這句回應，昌浩猛然跳起來。

「哇啊啊啊?!」

他驚慌地回頭一看，一個年輕人正彎著腰，舉起一隻手，對他微笑著。

「嗨。」

「嗨……嗨……」

心臟撲通撲通跳得好快，他被嚇得連話都說不出來了。

剛才在看不見的牆壁對面安撫小時候的他的年輕人，一派輕鬆地偏頭看著他。

「咦？臉色很灰暗呢！來，這樣笑一笑。」

年輕人用食指把兩頰往上推給他看。昌浩好不容易才恢復鎮定，豎起眉毛說：

「不要嚇我嘛！岦……」

昌浩還沒說完，年輕人就滿臉嚴肅地堵住了他的嘴。

「噗唔！」

「別再說了……不要在這裡不經意地啟動咒術。」

年輕人瞥柱子一眼，對皺起眉訝異地看著自己的昌浩說：

「名字是最短的咒語，你祖父應該對你說過吧？話說那傢伙從以前就老把這句話當成口頭禪。」

昌浩比手畫腳地表示不會再說出名字，榎岦齋才放開了手。

「我不想讓那些黑繩……啊，好難解釋……我不想讓那些施放邪惡意念的人們聽見。而且，這裡是神的化身聳立的清靜之地，言靈的力量會增強好幾倍，有點麻煩。」

他又強調說：「所以我一直都沒喊你的名字。」
昌浩服從地點點頭，小心謹慎地開口說：
「可以請教你一件事嗎？」
「嗯？」
岦齋在昌浩面前盤腿而坐。
昌浩注意措詞地詢問：
「呃……聽說墜入黑暗，會沉淪為魔鬼……」
「是啊！你要小心點，沉淪後就回不來了。」
「真的絕對回不來嗎？」
年輕人看著昌浩，透明的眼眸裡沒有任何表情。
昌浩邊在腦中整理思緒，邊接著說：
「玉依公主說，這世上有無數的人因為心崩潰了而淪為魔鬼。也就是說，有那麼多人還保有人類的模樣，卻已經變成了魔鬼。」
岦齋沉著地環抱雙臂說：
「是啊……」
他自己也是保有人類的模樣，卻沉淪為魔鬼的人。這件事，眼前這孩子的祖父還有跟隨他的十二神將都很清楚。
「是有很多人的心崩潰了，在心上留下深深的創傷，所以被乘虛而入、被迷惑，因此沉淪為魔鬼卻渾然不知。的確有很多這樣的人。」
年輕人稍作停頓，笑了起來。
「你曾經也差點沉淪了，所以你應該分辨得出這樣的人。不過，要經常磨亮你的心才行，否則這種感覺會愈來愈遲鈍。」
所以陰陽師才需要不停地修行。
「人類的心脆弱、膽小，處處都是破綻，遇上了一點芝麻小事就會被迷惑。小心點，黑暗的聲音隨時會潛入，讓人深陷黑暗，逐漸沉淪。」
他的聲音帶著真實感。
昌浩專心聽著他說的話。
五十多年前發生過什麼事，昌浩大致聽說過。然而現在面對他本人，卻有無法抹拭的突兀感，不懂這個人怎麼會把自己搞成這樣。
大概是從昌浩的表情看出他在想什麼，豈齋笑著抓抓昌浩的頭說：
「很複雜喲！發生過太多事了。事到如今，我並不想替自己辯解，被乘虛而入應該是最容易懂的理由吧！不過這麼說的話，恐怕會被那傢伙罵。」

年輕人哈哈大笑著站起來。

「你也差不多該回去了……已經不痛了吧？」

疼痛是來自於昌浩自己的情感。齋幫他去除了。儘管還有點隱隱作痛，但應該不會再被那樣的劇痛侵襲了。

昌浩跟著站起來。

「還有一件事。」

昌浩望著柱子的眼神變得嚴厲。

「沉淪為魔鬼的人，可以復原變回人嗎？」

岦齋微微張大了眼睛，注視著視線高度比自己低很多的昌浩雙眼。

昌浩抬頭看著曾是祖父摯友的男人。

「佈滿柱子的黑繩，是沉淪為魔鬼的人們施放出來的邪念。要正本清源，才能避免黑繩再爬滿柱子。」

是那些沉淪為魔鬼的人讓黑繩爬滿了柱子。既然如此，就必須讓那些人復原變回人，否則沒辦法根本解決問題。

昌浩這麼認為。

眼前這個男人也曾經沉淪為魔鬼，然而，他現在的心絕對不是魔鬼。

岦齋挽回了身為人類的心。

「一旦被黑暗吞噬，就回不來了，可是……我想起了那個人說的話。」

——可別沉淪了，要沉淪為魔鬼很容易，但再也不可能爬出來。

這是那個可怕男人所說的話。

很久以前，他是以人類的身分活著。生命結束後，他選擇成為魔鬼度過永生永世，是個保有人類模樣的鬼。

但是，那個男人雖然變成鬼活著，卻沒有失去人類的心。

而他所說的話，聽起就像是「自己也曾墜落過黑暗」之類的沉重言靈。

「一旦沉淪為魔鬼，就再也無法復原變成人嗎？岦……呃……」

因為不能叫名字，所以昌浩拚命思考該叫他什麼才好。

岦齋微微一笑，對昌浩說：

「你就叫我很厲害的陰陽師吧！」

「……陰陽師大人。」

「很厲害呢？要說很厲害啊！算了，你問得很好。你說的那個人，就是性格很差、嘴巴很毒、態度惡劣，還喜歡整人，又是桀驁不馴的最典型代表的冥府官吏吧？」

「是的……」

昌浩一時不知道該說什麼。沒錯，那個人性格很差、嘴巴很毒，態度也很惡劣。從他的行事作風，也可以看出很喜歡整人。說到桀驁不馴，也讓人忍不住一直點頭，覺得再貼切不過了。

很少看到十二神將那麼露骨地展現敵意。尤其是青龍和紅蓮竟然也有相同反應的時候，實在耐人尋味。

依昌浩觀察，恐怕他們全都把冥官當成了天敵。

「大家好像都很討厭他，是發生過什麼事嗎？」

儘管時間點不對，昌浩還是忍不住好奇地問了，因為眼前這個男人是活生生的證人。不對，他已經死了，所以不能說是活生生的證人。不管怎麼樣，他畢竟活過昌浩沒活過的時代。

岦齋環抱雙臂。

「嗯，發生過不少事呢！因為他是那樣的人。在他還身為人的時候，就是冥府的官吏，自由往返於人世與冥府之間。他曾經沉淪為魔鬼，又變回人，之後到死都是冥官，死後也還是冥官。恐怕到世界末日那一天，他都還是冥官。」

「欸……咦？」

剛才他是不是說了什麼很值得研究的話？

「咦……？」

看到昌浩張口結舌的樣子，男人還是泰然自若地接著說：

「他可以當冥官，想必是有什麼地方不同於一般人，但是，他在死前的的確確是人。是因為他親眼見識過地獄有多可怕，所以死後才繼續做那份工作吧？我是沒親眼見過。」

昌浩愣住了。

他說那個冥官曾經沉淪為魔鬼。

曾經被黑暗吞噬、曾經沉淪為魔鬼，卻還是變回人，過完了一生。而且，死後還能成為擁有人類之心的鬼，度過永生永世。

「你怎麼會知道……」

「咦，很奇怪嗎？你也曉得，這裡是死去的人和神所在的地方，而那個男人是冥官，這樣懂了嗎？總之，發生過不少事，而且老實說，有很多話都不該講，哈哈哈哈哈！」

說有很多話都不該講，卻一副若無其事的樣子哈哈大笑起來。

「哦……」

昌浩無言以對。岦齋深思地看著他說：

「你是問我，沉淪為魔鬼的人能不能再變回人，對吧？」

昌浩慌忙點頭。岦齋又淡淡地接著說：

「這種事沒人知道，不管你多想讓對方再變回人，只要當事人沒那種意願，就不可能再變回來。」

然而，即使已沉淪為魔鬼。

即使發覺自己已經沉淪。

只要一心想做為人，只要祈禱能擁有人之心，只要在被吞噬的黑暗中拚命掙扎，只要把手伸向光明試著往上爬，就應該可以變回人。

邊哭也好，邊叫也行，即使滿身泥巴，即使遍體鱗傷，即使全身沾滿從傷口噴出來的血，即使哀嘆心被污染了，只要相信會有伸出來的手，只要相信會有照進來的太陽，不拋棄這分信心，就應該可以變回人。

只要在伸手不見五指的黑暗中摸索著道路，一步步往前進，不放棄尋找光源，就應該會變回人。

「人類都很脆弱，一旦沉淪了，就會灰心喪志。大多數的人都是放棄就結束了。所以我才說，沉淪為魔鬼就回不來了，其實……並不是那樣。」

當生命結束，來到這個夢世界後，岦齋才領悟到這件事。

犯下罪行、觸犯天條，發出椎心泣血的痛苦叫聲的騰蛇。
因為救不了摯友而受到重創的晴明奮力振作的模樣。
被潛入體內的邪惡者操控，拚命想掙脫出來做回自己的風音。
這些畫面都一一烙印在岦齋心頭。
他很後悔，後悔做錯了選擇，更後悔讓唯一的摯友悲傷難過。
岦齋拍拍昌浩的頭，瞇起眼睛說：
「無論你想幫助什麼人、想保護什麼人，都要先保護好自己。千萬不要忘記，你受了傷，會有很多人為你難過。」
要能做到選擇共同活下去，而不是為某人捨棄生命。
昌浩閉上眼睛，用力點著頭說：
「是……」
不能再迷失方向了。
人很容易沉淪為魔鬼。
然而，只要承認自己的怯懦、擁抱脆弱，面對醜陋與膚淺，而且勇往直前、永不放棄，保有一顆追逐光亮的心，就可以從黑暗中爬出來。
只要不失去信心，不管多少次都可以重新振作起來。

「今後你還會面臨許多次的傷害、許多次的絕望，然而，這就是人生。」

反過來說，不可能有不被傷害、沒有感覺過絕望的人生。

「但是……只要活著、只要不放棄，要重來幾次都可以。」

他稍作停頓，微微苦笑起來。

「我做錯了選擇……你可不要跟我一樣。」

還有，希望誤入歧途的人可以減到最少。

希望污染那根柱子的人還回得來。

「你了解沉淪者的心、了解他們的痛，比不了解的人更能接受這些事。」

不論光亮或黑暗，都親身用心體驗過。

「或許這是有點痛苦的經驗，但絕對值得。只要活著，曾經歷過的事都會成為你的精神糧食，活著就是這麼回事。」

所有一切都將成為塑造自我的根基。

昌浩默默聽著，忽然很想哭。

榎岦齋笑得很祥和。然而，他在五十多年前就結束了生命，再也不能重來了，所以他才這麼熱心地把重要的經驗傳授給昌浩，悉心竭力不讓昌浩重蹈自己的覆轍。

這是多麼感人，卻又多麼淒美的心境啊！

豈齋發現昌浩的眼眸蕩漾搖曳，驚訝地眯起了眼睛，然後苦笑著彈了一下昌浩的額頭。

「痛！」

昌浩按著額頭，板起臉來，豈齋卻對他抿嘴一笑。

這讓昌浩想起了祖父。

他心想，這兩人果然是彼此獨一無二的摯友。

✦ ✦ ✦

入夜時刻。

因為烏雲的關係，看不見月亮，也看不見星星。究竟有多久完全看不見了？度會潮彌已經想不起來了。

傳來輕微的地鳴聲。從傍晚開始，這樣的聲音就沒停過。

潮彌待在西廂的房間裡。

裡面擺設有祭祀神明的祭壇。

舉行祭神儀式時，是以長老度會禎壬為首，聚集所有侍奉這座神宮的神官們。

祭壇左右燃燒著燈台的火焰。

火焰有淨化作用。點燃火焰，也有淨化這個空間的意義。

玉依公主進行祈禱的祭殿中，不停地燃燒著篝火，除了照明之外，也兼具淨化的功能。

直到最近，潮彌才被允許進入地下祭殿。

可以跟這座神宮的主人玉依公主直接接觸的人，只有長老禎壬和幾名高階神官。潮彌還只是低階神職人員，但是將來會繼承禎壬的位子，所以有特別待遇。

年紀輕輕就能爬上這樣的地位，當然是因為他的能力強過其他人。

禎壬老了，已經超過七十歲。度會氏族的平均壽命是六十歲左右，所以禎壬算是長壽了。

他必須在還健朗時，培養接班人。幾年前，他列出了好幾名候選人，最後選中了潮彌。比潮彌年長十歲的重則也備受注目，大家都認為他將來會輔佐潮彌，負責主持祭神儀式。

通常，除非進入神宮最深處，否則連度會氏族的人都沒有機會一睹玉依公主的風采。

然而，潮彌卻在十年前見過公主。

那是一個月光皎潔的夜晚。還是個孩子的潮彌從床上溜出來，在島上散步，就在父母

一再告誡他危險不可以去的西岸岩石地，見到了美得不像是屬於這個世界的美麗女子。

美得莊嚴神聖。在月光下燦爛絢麗的臉龐，看起來晶瑩剔透。

潮彌以為是女神。海津島是神降臨的島嶼，所以潮彌真的以為是不知名的女神降臨了。

他凝視著女神好一會，忽然聽到石頭滾動的聲音，赫然回過神來。

女神的表情好像看到了什麼東西，臉上霎時充滿驚愕，潤澤的眼眸也失去了透明感。

非人類的女神，變成了人。

潮彌覺得看到了不該看的光景，趕緊轉身逃離了現場。

神就該是神，不可能變成人，潮彌說服自己是看到了幻覺。那是月夜下的幻影，女神應該保持神秘回天庭了。

幾天後，他把這件事悄悄告訴了他最尊敬的長老禎壬。

禎壬非常驚訝，臉色發白，一再地問他：「你真的看到了嗎？」潮彌很肯定地說：

「是真的。」

那之後又過了幾年，潮彌已經把這件事當成罕見的夢，幾乎快遺忘了。就在這時候，他當上了神官，被派到海津見宮服務。

在神宮最深處，每天向神祈禱的女巫就跟伊勢的齋王一樣，負責聆聽神的聲音，擔任神降臨時的依附體。

神宮的女巫，是度會氏族從神治時代侍奉至今的玉依公主。

老實說，潮彌一直以為玉依公主並不存在，只是一個職位名稱而已。

他以為是在必要時，由族裡的女孩就任玉依公主的職位。其實，遠離神宮住在島嶼另一邊的族人們也幾乎都這麼認為。

這座神宮滿溢著驚人的神氣。遠遠超出地面的強大神力，在深入地底下的祭殿大廳捲起劇烈的漩渦，負責祈禱的女巫獨自承受著這一切。

一般人類的女孩就算力量再強大，也不可能讓這樣的神力降臨。

神宮的主人玉依公主，真的是從神治時代活到了現在。

三年前，潮彌在禎壬的帶領下，第一次下來祭殿大廳。

專心祈禱的玉依公主沒有回頭看潮彌等神官們。

益荒和阿曇在那附近待命，保護著玉依公主。潮彌以熾熱的眼神，凝視著坐在木框結界前的玉依公主。

有人冷冷地看著他。

潮彌察覺到那股視線，四下搜尋視線的主人，看到在篝火幾乎照不到的地方坐著一個女孩。

她是誰？

他滿腦子問號，但是現場禁止開口說話，所以他不能問禎壬。

不久後，結束祈禱的玉依公主緩緩站起來，轉向了他們。

看到她的臉，潮彌幾乎停止了呼吸。

她是自己小時候在島嶼西岸見到的女神。

潮彌當時見到的，就是從神治時代活到現在的神聖公主。

她是在很久很久以前，接受神的旨意，放棄人類的身分，從人類脫胎換骨成為神之容器的女巫。

據說，玉依公主在放棄人類身分時，她的時間就停止了，所以外貌沒有任何改變。她擁有向神祈禱的超群能力，可以請任何神明降臨，聆聽祂們的聲音。

度會氏族代代侍奉她至今。對他們來說，比起眼睛看不見的神，玉依公主更像是神的存在。

繼承前代長老，負責保護、侍奉玉依公主的禎壬，總有一天會將這些任務傳給潮彌，再由潮彌傳給下一代。

這是多麼值得驕傲的事。真正保護這個國家的人，不是住在京城的皇上，也不是伊勢神宮的神職人員或齋王，而是在這座島嶼上不停祈禱的玉依公主。

即使一輩子要在這島上度過，潮彌也甘心為玉依公主奉獻生命。

他把一切都獻給了工作。不論是自古以來的傳說、種種祭神儀式的必要知識、不能告訴朝廷和神宮的許多真相，或只有海津見宮才能傳承下去的秘密等等，禎壬都如數家珍地告訴了他。

漸漸地，潮彌也聽到了一些不太好的傳聞。

現在他已經不記得是從哪裡聽來的。太多人說過同樣的話，所以記憶變得很混亂。

有人說，玉依公主的力量正在減弱。

起初，潮彌聽到這種話只是一笑置之。

玉依公主是神，力量怎麼可能減弱。

海津見宮的主祭神是一切根源之神，也就是「天御中主神」。如果說祂是位居上天最高階的神，那麼成為國家的柱腳基石、支撐著這個國家的柱神「國之常立神」，就是位居地下最高階的神。

根據潮彌所學，聳立在祭殿大廳並深入島嶼地下的三柱鳥居，是用來守護延伸到地底下的地御柱。

玉依公主每天都向這些神明祈禱，支撐著這個國家所有人們的祥和安寧。

除了住在這島上的人與侍奉神宮的神官之外，沒有人知道這件事，只有度會氏族的人知道。沒錯，說玉依公主屬於度會氏族也不為過。

不，這種想法太過狂妄了，潮彌自己也知道。但是，終有一天將由他保護玉依公主，為了讓自己知道玉依公主有多重要，他必須這麼想。

潮彌就是這樣說服了自己。

所以，他不允許物忌的存在。

那個物忌沒有資格執行祭神儀式。

才剛進神宮沒多久的潮彌，無法理解為什麼會有物忌的存在。

所謂物忌，是代替女巫實際執行祭神儀式。然而，玉依公主每天都是自己祈禱、聆聽神的聲音，根本沒有物忌該做的事。

那個物忌只是待在那裡，什麼都沒做。

潮彌還記得，他是在進神宮一年後才聽禎壬說她叫「齋」。在這之前，他和其他神官都不太清楚她的事。

「沒用的物忌……」

潮彌低聲咒罵，咬住了嘴唇。

聽說齋是在五年前就任物忌職位的。在那之前，所有神職人員都不知道這個人的存在。

忘了是聽誰說的，好像是益荒他們從哪裡帶來的。從那時候開始，玉依公主聆聽神明聲音的能力就減弱了。

有人說，那是罪孽，是罪孽的生命，否則不會奪走了玉依公主的神聖力量，卻一點都不覺得怎麼樣。

那孩子光是活著就是犯罪，犯了損耗玉依公主力量的大罪。

神為什麼會把那樣的罪人派來這座神聖的島嶼呢？

為什麼度會氏族如此竭盡心力，以必死的精神侍奉神明、侍奉公主，神卻漠視他們的努力，派來了耗損公主生命的物忌呢？

不知不覺中，每個人心中都有了共同的想法。

如果沒有齋就好了。

如果沒有那個物忌，玉依公主就能恢復神治時代擁有的力量。

益荒和阿曇是神的使者，為什麼對齋的忠誠度卻遠勝過對玉依公主，還全力保護她，不讓度會他們傷害她呢？

這一切都是解不開的謎。齋的存在本身就是罪孽，光活在這世上就是錯誤。

「對……是錯誤……只要那女孩消失，玉依公主就……」

潮彌臉色陰暗地低囔著。

大家都說她是罪孽的生命。

禎壬也這麼說過。既然如此，為什麼禎壬還讓她留在這裡？聽說是神的旨意，可是，沒有人確認過這種說法是否屬實。

齋也承認她自己是罪孽的存在，在出生前，她就知道了。

因為是罪孽的生命，為了贖罪，才來這座神宮當物忌的嗎？

然而，別說是贖罪了，還加重了罪行，那就是削弱玉依公主的生命，剝奪玉依公主的力量。

「有錯就該導正，犯了罪就該贖罪。」

潮彌低喃著，坐在他後面的神官也表示同意。

「沒錯，齋是沒有任何力量的廢物，不但做不好物忌的工作，還害得玉依公主……」

神官的聲音顫抖，說得很不甘心，潮彌也頻頻點頭。

沒錯、沒錯。

就是她的存在擾亂了一切。她的存在，扭曲了神的旨意和一切一切。

地鳴聲不絕於耳、雨狂下不停，全都是因為某部分被擾亂了。而擾亂的人，就是齋。

既然如此，身為度會的接班人、身為玉依公主的侍奉者，為了保護這個國家、為了保護這座神宮，就要把歪斜、扭曲扳正。

這才是神的旨意。

「沒錯，潮彌，聆聽神的聲音、服從神的旨意是我們的使命。」

潮彌點點頭，眼中閃爍著陰森的光芒。

6

下著雨。

「……」

緩緩張開眼睛時，最先想到的就是這件事。

這聲音已經聽了好久。

帶著濕氣的空氣重甸甸的，周遭也一片漆黑，不知道是不是天快亮了。

閉上眼睛，聽著雨聲，感覺比記憶中的聲音又強勁了一些。

「必須……讓雨停下來……」

他低聲嘟囔起來。

忽然，黑暗中有了動靜。

「昌浩？」

視野角落浮現了兩點閃耀的夕陽色光芒。

他往那裡一看，眨了眨眼睛。

不管在多黑暗的地方，這雙夕陽色的眼眸都不會失去光芒。

「啊！小怪，早安。」

沒有使用暗視術，在黑暗中只能看見小怪的眼睛。但是，從感覺可以知道小怪倒抽了一口氣，好像很驚訝的樣子。

搞不清楚狀況的昌浩忽然覺得腦袋一陣悶痛。

「好痛！」

他不由得伸手摸頭，發現是被小怪的前腳毆擊。

「幹嘛突然打人？好過分。」

「過分的是誰啊？我們替你擔心得要死。」

小怪立刻反駁，昌浩把嘴巴撇成了ㄟ字形。

當他雙手用力撐起上半身時，聽到沙沙的衣服摩擦聲。由觸感判斷，應該是蓋在身上的被子或衣服滑落下去了。

這是哪裡呢？他伸手摸索確認著。摸起來像是潮濕、冰冷的地板，難道是鋪木板的房間？在黑暗中什麼都看不見，真的很不方便。

正這麼深深感嘆時，他忽然想到可以施展暗視術。

他把手指按在眉間，低聲唸起咒文，沒過多久，物體的輪廓逐漸變得清晰。

再眨眨眼，世界就慢慢看得見了，是月光灑落的夜世界。

白色小怪在他前面坐下來。

他嘆口氣說：

「小怪，你好像在生氣呢！」

白色的長尾巴用力甩動了一下。

「我沒生氣，我是敗給你了。」

「為什麼？」

「因為你說的話太白癡了，什麼早安嘛！現在才寅時，離天亮還很久呢！」

連珠炮般的一連串牢騷聽起來好像有點離題。

昌浩不解地歪著頭說：

「小怪，你很生氣吧……」

「本來很生氣的，現在不跟你計較了。」

「為什麼？」

「因為你現在很正常地看著我。」

昌浩倒抽了一口氣。

小怪搖晃著白色耳朵。

——正面看著小怪，沒有撇開視線的交談。

——不多想，想到什麼就說什麼的坦然對答。

昌浩想到，不曉得已經多久沒這樣了。

整張臉皺成一團的昌浩，思索著該怎麼說。

「小怪，我……」

小怪粗暴地搖搖前腳，不耐煩似的移開視線說：

「啊，不要說了，現在還早，快睡吧！」

「我睡太多了，現在不太想睡。」

「那也要睡，廢話少說，給我乖乖睡。」

「可是……」

「趁我語氣還不錯的時候，快聽話。」

「是……」

帶著威脅的聲音讓昌浩沮喪地縮起了身子。他敞開外衣，默默地躺下來。

因為沒有鋪被子，堅硬的木板不太好睡，但總比在野地過夜舒服。

躺著還是沒有半點睡意，昌浩茫然地看著樑柱。

在他身旁縮成一團的小怪看著旁邊問：

「怎麼了……」

昌浩眨眨眼睛，有氣無力地回答：

「在想很多事。」

小怪搖了搖尾巴，昌浩又壓低嗓門接著說：

「我在想，我一直沒看清楚最重要的事。」

只顧著自己，從來沒想過有誰待在自己身旁，又是怎麼樣的心情？

小怪、祖父等，所有知道原因的人都小心翼翼地對待昌浩，生怕他會崩潰。

昌浩呼地嘆口氣，閉上了眼睛。

「今後我還會面臨許多次的傷害、許多次的絕望。」

他感覺小怪屏住了氣息。一個身影在他腦海中浮現。

「但是……只要活著、只要不放棄，要重來幾次都可以……他這麼說。」

哈哈大笑，笑得很開朗，只能在夢中見到的人這麼告訴了我。

小怪好奇地轉向昌浩，滿臉疑惑地問：

「誰告訴你的？玉依公主嗎？」

昌浩搖搖頭。

「不，是……陰陽師。」

「啊？」

小怪的表情更疑惑了，昌浩不由得笑了起來。
「不對，是很厲害的陰陽師……他自己這麼說的。」
但是，這應該是誰都不能否定的事實吧？
因為他有一種法術遠勝過祖父，儘管只有那麼一種。

天亮了，還是有點昏暗。
因輾轉難眠而只是勉強躺著的昌浩，終於可以起來了。
全身的關節都在痛。由於太久沒動，感覺全身上下都使不上力。
他環視屋內，大吃一驚。
「公主……？」
看到昌浩驚慌失措的樣子，小怪半張開眼睛說：
「喂，你驚訝什麼？」
「她、她怎麼會在這裡？」
「怎麼會？你……啊……」
小怪靈活地舉起前腳蓋住眼睛。
沒錯，把脩子帶來這裡的是昌浩，但是，他本人完全不記得當時的事了。

唉！該從哪裡說起呢？
昌浩把面有難色的小怪抛在一旁，困惑地看著脩子。
裹著外衣、發出鼾聲熟睡的女孩，正是當今皇上的長女。
天照大御神透過服侍伊勢神宮的齋王，頒佈了神詔。內親王脩子是遵從神詔，正在前往伊勢的路上。
昌浩與脩子之間的因緣不淺。他救過脩子，也被脩子救過。
脩子睡醒了。她緩緩張開眼睛，慢慢地爬起來，可能是大腦還沒清醒，一副半睡半醒的樣子。
「公主……」
昌浩輕聲呼喚。脩子眨了眨眼睛，歪頭看看昌浩，疑惑地問：
「你什麼時候來的？」
脩子睡著前，昌浩都不在這裡。
昌浩眨眨眼睛，手按著後腦勺思索該怎麼說。很遺憾，他醒來時就在這裡了，所以也不曉得自己是什麼時候來的。
他瞥了小怪一眼後回答：
「呃……應該是在半夜吧！」

眼睛望著別的地方，但豎起耳朵聽他們說話的小怪差點不支倒地，因為這兩個人的對話完全偏離了重點。

然而，脩子顯得毫不在意。

「是哦！」

小怪悄悄看脩子一眼，覺得她可能是來這裡之前經歷過太多打擊，已經麻痹了，現在只要有熟人在身旁，她就滿足了。

仔細想想，脩子才五歲，又是皇上的第一個孩子，過的卻是波瀾萬丈的人生。以她的身分，應該可以過得更平靜啊！小怪不禁開始同情她。

把她帶來神宮的是昌浩。她被帶到陰暗的地下大廳，見到了齋他們。之後，昌浩就睡著了，是阿曇帶她來這個房間的。

脩子環視屋內，看到昌親就在附近，靠著牆，閉著眼睛。

他擁有讓她想起父親的溫柔眼眸。看到他，脩子鬆了口氣。

可能是被他們的談話聲吵醒了，昌親動了動身子。在微暗中，他張開眼睛看到了弟弟，瞇起眼睛說：

「昌浩……」

光這聲呼喚就夠了。

昌浩一直在想，哥哥醒來時該跟他說什麼。然而，就在這一瞬間，所有的不安都消失了。

昌浩壓抑著洶湧澎湃的心情，對哥哥點點頭。

「……」

哥哥也一直很替他擔心，他覺得對不起哥哥，也打從心底感謝哥哥。

一直以來，都有很多情感在支撐著自己。

昌浩做個深呼吸，轉換心情，挺直了背。

「哥哥，這裡是哪裡？」

「一開口就問這個！」

這麼抗議的是小怪。昌浩不悅地問：

「怎麼了？小怪。」

「在這種狀況下，面對可能比你知道更多事的昌親，你怎麼會一開口就問這裡是哪裡呢？這件事很重要嗎？」

「很重要啊！因為這裡有地御柱。」

昌親和小怪的表情都緊繃起來。

脩子敏感察覺到氣氛的變化，一言不發地縮起了身子。

昌親伸出手拍拍內親王的肩膀，安撫才五歲的她。從她微微顫抖的肩膀，可以感覺到幼小的她的恐懼。

「我在夢裡見到了玉依公主、齋，還有很厲害的陰陽師。」

昌浩草率地摺好剛才蓋在身上的外衣後，端正坐姿。

小怪用力甩了一下尾巴說：

「那個很厲害的陰陽師到底是何許人也？」

「就是很厲害的陰陽師啊！不但對那個冥官瞭如指掌，還會施展一種勝過爺爺的法術呢！」

有一種法術勝過安倍晴明的陰陽師。

夕陽色的眼眸盯著昌浩，瞪得斗大的眼睛深處浮現出驚愕。

好一會沒說話的小怪搖搖長耳朵，垂下了頭。

「原來……是在夢殿啊……」小怪閉上眼睛，喃喃地說：「是那傢伙救了你？」

昌浩點點頭，撫摸著小怪消沉的背部，小怪沒有抗拒。

「該怎麼說呢……就是有種『原來如此』的感覺。因為他是那樣的人，所以爺爺才會對他敞開胸懷……」

那個人絕口不提祖父的名字，因為名字是最短的咒語。可能是覺得還不能跟祖父見面，所以那個人盡量避免讓自己的聲音傳到祖父的夢裡。
說了一長串後，昌浩忽然想起什麼似的抬起了頭。
「對不起，哥哥，老講些你不知道的事……」
昌親沉著地笑著，對道歉的弟弟說：
「不會，把你能說的全都說出來吧！」
昌浩點點頭。哥哥總是心思細膩地包容著自己，而自己卻把這一切都視為理所當然，所以從來不曾察覺。
「哥哥、小怪，齋拜託我替她做一件事。」
女孩的臉龐和她所說的話歷歷浮現在昌浩心中。
「她說要給玉依公主……死亡的安寧……」
兩人都倒抽了一口氣。
在舉頭可見地御柱的夢與現實的狹縫中，齋面不改色地告訴了他。
同時具有「光」與「影」兩面的陰陽師會那樣的法術。
昌浩看著自己的手。
是玉依公主救了身受創傷、差點被黑暗吞噬的自己，再命令益荒和阿曇把自己帶來這裡。齋應該也了解玉依公主的心意，但她有她的想法。

玉依公主說，自己應該不會再有機會跟昌浩交談了，這意味著什麼呢？

如果齋的願望實現，玉依公主的生命就結束了。難道她已經知道了？那麼，神會實現齋的願望嗎？

小怪想起昨天的事。昌浩帶著脩子來這裡時，齋也說了同樣的話。

她說要給玉依公主死亡的安寧。

這句話從頂多十歲的女孩口中說出來，未免太悲壯了。死亡怎麼會安寧呢？這是不是意味著玉依公主背負著如此重大的壓力？

昌浩被帶來這裡，醒過來時，第一次見到了玉依公主。在夢裡，他們交談過，並不覺得她很痛苦。

齋的真正想法到底是什麼？

無論他怎麼想都找不到答案。

昌浩嘆口氣，站了起來。

低沉的地鳴聲不停地響著，雨也沒停過。

為了守護這個國家的柱腳基石，必須砍斷纏繞著地御柱的黑繩才行。

「昌浩？」

昌浩轉頭對疑惑的小怪說：

「我想見玉依公主和齋。小怪，你知道要怎麼去嗎？」

「你這小子……唉！算了，跟我來。」

儘管滿腹牢騷，小怪還是無奈地轉身帶路。

「哥哥，我去一下，公主就……」

「放心吧！你自己小心點。」

昌浩毅然點了點頭。

天亮了，卻還是有點昏暗。

齋和益荒來到島嶼東側的某處懸崖。

她其實是想一個人來的，可是溜出神宮時，被益荒發現了。

益荒和阿曇就是這樣，隨時都守在齋的身旁保護她。

益荒用衣服擋著雨，齋抬頭看了一下這個高大的隨從。

他不在乎自己淋得滿身濕，卻很注意不讓齋淋到雨。自從天、地狂亂，雨下個不停以來，益荒總是這麼做。

從還沒開始下雨的很久之前，齋就每天來這個懸崖，算起來就快五年了。

這裡是島嶼東側，可以看到從海面升起的太陽。

太陽是天照大御神。當全身沐浴在陽光下時，說不定可以聽到天照大御神的聲音。

但她心知肚明，這種事不可能發生。自己沒有資格、也沒有能力以物忌的身分執行祭神儀式。

自己的出生就是罪孽。自己的生命就是罪孽。討厭污穢、骯髒的神，為什麼會接納自己呢？

她秀麗的臉龐上浮現自嘲的笑容。

「齋小姐……」

益荒發現她臉色不對，猶豫地叫了她一聲。她緩緩抬起頭說：

「益荒……我想拜託你一件事。」

「妳儘管說。」益荒立即回應。

齋眺望著遠方，對他說：

「我想一個人靜一靜，你先回神宮。」

沒想到會是這樣的命令，益荒來不及反應，過了好一會才回答：

「不行，恕我難以從命。」

「你剛才不是叫我儘管說嗎？」

「有些事可以聽從，有些事不可以，我不能讓妳一個人待在這裡。」

齋抬頭一看，發現益荒板起了臉。

「而且我一個人回去的話，也會被阿曇質問和責罵的。齋小姐，妳想把我逼入那樣的窘境嗎？」

齋微微張大了眼睛，她沒料到益荒會是這種反應。

「這……說得也是，的確是……」

很想笑的齋眼神柔和了許多。想也知道阿曇會怎麼斥責益荒。

阿曇一定會逼近比自己高的益荒，兇巴巴地質問。益荒不太會說話，恐怕只能摸摸鼻子讓她罵。

那樣的畫面歷歷浮現，齋不由得打了個寒顫。

益荒低頭看著她，視線變得很溫柔。

「齋小姐，很久沒看到妳這樣的表情了。」

齋赫然屏住呼吸，眼眸蕩漾搖曳著。

表情總是嚴肅、堅毅的齋，一舉一動都沒有任何破綻。度會氏族從不掩飾對她的敵意，所以她這樣的表現是為了保護自己。

但是她一笑起來，還是會展露符合年齡的表情。其實，以她的年紀來說，還是個孩子。

益荒和阿曇都希望齋能恢復她應有的模樣，即使知道這是不可能的事，他們還是忍不住會這麼期盼，因為現在的她教人心疼。

「齋小姐，妳不能聽我們的要求嗎？」

女孩做了犯罪的選擇。她說她的生命本身就是罪孽、活著就是罪孽，既然如此，再多加一、兩條罪狀也沒什麼差別，她打算再背負新的罪。

然而，多加那條罪狀，恐怕神也不會原諒她。

而她也不打算得到神的寬恕。

益荒不知道還能說些什麼，女孩平靜地看著他。

心意已決的眼眸深處蘊涵著多麼熾烈的情感，只有益荒和阿曇知道。

「對不起。」

女孩說得十分冷靜。在她的眼眸裡有著屹立不搖的決心，不管對她說什麼，都改變不了她的意志。

益荒懊惱地咬住了嘴唇，不管他們多關心她，都無法治癒刻劃在她心底深處的創傷。

「我想一個人靜一靜……很快就會回去。等一下我再去勸勸阿曇，叫她不要責備你。」

「可是……」

「益荒，拜託你。」

經齋再三懇求，益荒閉上眼睛說：

「妳會淋濕的，披上這件衣服。」

益荒脫下沒有袖子的衣服為齋披上。

齋微微一笑說：「謝謝。」

益荒一鞠躬，擔心地走開了。他很不想離開，但那是齋的要求。

從神宮到這處懸崖的距離不是很遠。益荒心想，如果她很久還不回來，可以馬上趕來看個究竟。

益荒硬是這樣說服了自己。

齋目送益荒的背影離去，直到他修長的身軀完全消失在林蔭間，才呼地鬆了口氣。

他們有多麼關心自己，齋都知道，也知道他們更關心玉依公主。

玉依公主從出生到現在，度過了多少歲月，齋不太清楚，只聽說十分漫長。他們就在這麼漫長、遙遠的時間裡，一直服侍著公主、守護著公主。

度會氏族也是吧！在這座島嶼上的度會氏族一心一意侍奉著玉依公主，代代傳承下去。

而齋將破壞這一切。她知道度會氏族憎恨她，恨到最後會殺了她。

——終於可以被殺死了。

一直以來，都沒有人這麼做。連打從心底憎恨她的禎壬都沒對她下過手。

他們明明知道有她在，玉依公主就會毀滅。

她低著頭，把臉埋進益荒留給她的衣服裡。

忽然覺得好累，可能是想到很快就可以從這裡消失，緊繃的神經一下子放鬆了吧？

她甩甩頭，心想這樣不行，因為所有的事都還沒結束。

她毅然抬起頭，遙望著大海的彼方。

她想起玉依公主度過的悠長歲月，那是為國家不斷祈禱的日子；那是在不為人知的狀態下支撐著國家的女巫，用生命刻劃出來的時光。

下個不停的雨阻隔了天照大御神的力量，不但擾亂了地上的力量，也擾亂了上天的力量，企圖毀滅這個國家。

如果天御中主神的力量可以降臨在自己身上，是不是就能阻止這些亂象呢？天御中主神是天地萬物的根源，在於天、在於地、在於人，也是光源本身。

「主人啊！我多麼希望可以聽見祢的聲音。」

然而，她沒有這樣的能力。

如果她可以代替玉依公主，以物忌的身分實際執行祭神儀式；如果她可以代替玉依公主聆聽神的旨意，玉依公主就不必過度使用逐漸消失的力量，因而削減生命。

玉依公主是在很久以前放棄了「人」的身分，成為神的容器，一旦失去力量，就會毀滅，再也不能變回人。

現在還來得及。只要在她還活著時變回人，就可能投胎轉世再生為人。

她要讓玉依公主變回人，讓玉依公主回到輪迴的圈子，不要再背負那麼悲哀的使命。

而且變回人之後，公主的靈魂就可以在遙遠的未來，再度——

「再度……」

波浪聲與雨聲交雜，掩蓋了女孩的低喃。

她嬌小的背部，完全沒有防備。

眺望著海的彼端，任憑雨水打在身上的她，聽到樹叢有奇怪的聲響。

她轉過身看。

「是你……」

站在眼前的是度會潮彌。

她立刻板起臉說：

「你來做什麼？度會族人不可以來這裡。」

要從她居住的東廂才能來這個懸崖，而益荒他們曾交代過度會族人，在海津見宮裡，唯獨東廂絕不可以進入。

潮彌冷眼看著齋說：

「這是誰規定的？」

「什麼？」

齋覺得潮彌的語氣不太對勁，下意識地縮起了身子。

潮彌的雙眸閃爍著險惡的光芒。

度會氏族向來不滿齋的存在，其中又以年輕人最為顯著。將來可能會成為度會長老的潮彌表現得尤其露骨。

在祭殿大廳第一次見面時，潮彌看他的眼神就跟刀刃一樣犀利。

齋覺得背脊一陣冰涼，不由得往後退。

潮彌發現她往後退，很不高興，故意往前走。

看著步步逼近的潮彌，齋有種深不見底的恐懼，緊緊抓住披在身上的衣服。

她不禁後悔讓益荒先回去，但是已經來不及了。

「度會的下任長老，你想幹什麼？」

齋強裝鎮定詢問，潮彌瞪著她說：

「是的，我是為玉依公主而存在的度會氏族，所以我不能放過對玉依公主造成威脅的人。」

語調十分平淡，卻讓齋瞠目結舌，嘴巴扭曲。

他說得沒錯，有自己在，玉依公主就會——

「……」

齋自嘲般的表情觸怒了潮彌。

怒火攻心的他抓住了齋。

齋張大了眼睛。

潮彌暴著青筋的手抓著齋的脖子，手指漸漸掐入皮膚裡。齋下意識地抓住他的手試圖掙脫，但力量相差懸殊。

「妳最好消失不見……！」

聽到詛咒般的叫囂，齋的眼眸凝結了，伸出去想攀住什麼的手，在半空中撲了個空，小小的身體就那樣被推落了懸崖。

披在身上的衣服翩然飛起。

女孩的身體隨著傾盆大雨墜落。

沒有聽見慘叫聲。

當衣服落地響起啪唦聲時，潮彌才回過神來。

他雙手發抖，膝蓋也嘎吱嘎吱作響。

「我……」

落在地上的衣服，是益荒平時穿在身上的。

他慢慢走到懸崖邊，注視著驚濤拍岸的波浪，但什麼也沒看見。

「……哈……」

他低頭看著雙手，發瘋似的大笑起來。

嘩啦嘩啦。

嘩啦嘩啦。

雨聲與波浪聲交雜。

遠處雷聲大作，掩蓋了所有聲音，閃電穿越灰色雲層奔馳而過。

7

嘩啦嘩啦。

嘩啦嘩啦。

好像聽到女孩的叫聲，益荒不由得回頭看來時路。

「齋小姐？」

他還以為是齋一個人安靜夠了，正打算回家，在路上看到刻意放慢腳步的他，就出聲叫他。

然而，披著衣服的齋沒有出現。

他想可能是自己太擔心，產生了幻聽。下了這樣的結論後，他嘆了一口氣。

對他來說，玉依公主與齋一樣重要，無法比較。

每次齋說要為玉依公主犯罪，他就覺得心痛。玉依公主絕不可能希望她這麼做，他們卻阻止不了她。

從五年前的那時候開始，不管他們說什麼，都解救不了齋的心。

忽然，益荒停下了腳步。
從地底深處湧現的地鳴，比平常更劇烈、更沉重。
益荒臉色驟變，邁開腳步狂奔。

度會禎壬拿著火把，往深深延續到地底下的石階前進。
一個虛空眾跟在他背後。按規矩，虛空眾不該來祭殿大廳，但虛空眾說有件事非當面質問神的使者不可，據理力爭。
益荒和阿曇大多隨侍在玉依公主與齋身旁，所以必須在東廂或祭殿大廳才能找得到他們。而且，只要公主和齋待在這兩個地方，也很難把他們叫出來。
走到最下層時，佇立在篝火旁的阿曇扭頭看著他們。
「度會……」
阿曇兇狠地低嚷著，虛空眾取下面罩靠近她。
是度會重則。
一身虛空眾打扮的重則在腰間佩帶著大刀，阿曇斥責他：
「不要帶那種東西來祭祀神明的地方。」
面對神之使者的嚴厲斥責，重則毫不退縮地逼向前說：

「我有事要問你們，關於十年前的事。」

阿曇的表情緊繃。

「磯部守直還活著，但我明明親手殺了他，還把他丟進了海裡。」

重則的視線射穿了阿曇。

「以人類的力量不可能救得了他，除了神的使者外，沒人做得到！」

阿曇保持緘默不回答，惹火了重則。

正當他要伸手去抓阿曇的衣服前襟時，傳來驚人的地鳴聲。

祭殿大廳劇烈震動，震得人站都站不穩，篝火搖晃傾倒。

木柴散落一地，火焰延燒。結界倒塌了，發出巨大聲響。

因為搖得太厲害而沒辦法採取任何行動的阿曇，試著重新站穩腳步。

「公主！玉依公主！」

三柱鳥居搖晃著。

是金色波動企圖從內側震垮聳立於驚濤駭浪中的鳥居。

搖擺扭動的金色光芒形成了無數隻的龍。

「大地氣脈……」

阿曇在搖晃中強撐著站起來，她必須走到公主身旁。

「公主！」

她重心不穩，差點跌倒，有人抓住了她的手臂。

她移動視線，看到神情嚴厲的益荒，身上少了他經常穿的無袖外衣。

「益荒……」

阿曇鬆了一口氣，但立刻想到另一件事。

「益荒，齋小姐在哪裡？你不是跟著她嗎？」

「齋小姐在東側的懸崖，她說要一個人靜一靜。」

在搖晃中，阿曇豎起眉毛說：「笨蛋！你怎麼可以讓現在的齋小姐一個人獨處?!」

益荒輕柔地擋住了阿曇揮過來的手。

「她懇求我說無論如何都想靜一靜……看她那樣子，我不忍心違逆她。」

阿曇咬住嘴唇，轉頭看玉依公主。

不斷祈禱的玉依公主也禁不起搖晃，坐姿都亂了。狂亂的金龍凝視著快傾倒的玉依公主。

警鐘在阿曇腦中大響。地御柱顫動著，失控的氣脈從三柱鳥居的包圍中溢洩而出。

「我去接齋小姐，益荒，你保護玉依公主。」

「知道了。」

就在益荒回應時，從地底下湧出更劇烈的搖晃。

「哇……！」從石階往下走的昌浩被強烈震動震得差點跌倒。他緊靠著牆慢慢坐下來，等搖晃停止。

「昌浩，你沒事吧？」

坐在他肩膀上的小怪被甩下來，勉強平安著地。

昌浩抓著岩壁，點點頭說：

「還、還好……」

但是，搖晃期間，什麼事都不能做。

昌浩轉頭往後望。

「哥哥和脩子公主不會有事吧……」

年幼的脩子一定很害怕。

昌浩小時候，昌親非常照顧他。相較之下，二哥比大哥更會哄小孩。而且，昌親的個性沉穩、待人親切，應該很能安撫害怕地震的脩子。

「要趕快把地御柱……」

那根柱子是支撐國家的國之常立神的具象化。

昌浩在墜入療癒之眠前看到的三柱鳥居，是造化三神的象徵。後來聽小怪說，這座神宮的主祭神是天御中主神，三柱鳥居下面還有地御柱。

小怪說它是從齋和益荒那裡聽來的，還說它沒有跟玉依公主交談過，只看到她一直在祈禱的背影。

聽到小怪這麼說，昌浩覺得胸口一陣冰涼。

腦海中閃過玉依公主說再也無法跟他交談時，那張虛無縹緲的臉龐。

昌浩有種不祥的預感。

他把力量放在腳上，使勁地站起來，沿著牆壁走下石階，小怪跟在他後面。

當他小心地慢慢前進時，又傳來不同於地鳴的聲響，是波浪聲。

「波浪……」

其中混雜著雨聲。

記憶中的三柱鳥居所在地，是第一次見到玉依公主與齋的地方。

「三柱鳥居聳立在海中，我不知道延伸到海底的什麼地方，但是，我猜應該很深。」

小怪似乎看透了昌浩的思緒，這麼告訴他。

「小怪，你調查過鳥居有多大嗎？」

「沒有，玉依公主都待在懸崖那裡，所以益荒他們不讓我靠近。不過，看得出來相當巨大，絕對不是人類搭建的。」

人類不太可能在海中築起那樣的鳥居。

「那麼，是神？」

「應該是，我不知道是不是因為需要做為象徵的東西，不過，鳥居本身散發著相當強大的神氣，也就是說具有神的力量。」

「是嗎……」

昌浩當時很快就昏過去了，所以沒有太詳細地觀察鳥居。

既然小怪這麼說，應該就是這樣。

地鳴愈來愈劇烈，地面也跟著搖晃，昌浩停止前進，觀察狀況。

這場地震是不是只發生在這座島上呢？

昌浩忽然這麼想。

京城的地震在他腦海中浮現。在雨中不斷發生的地震，嚇壞了所有人。

他想起來了。當時，自己被逼入絕境，根本沒有餘力顧及其他人。

這樣的搖晃即使沒有傳到京城，應該也會傳到那座山附近吧？

他下意識地把手伸到胸前，隔著衣服按住香包，想著「她」在做什麼。

少了脩子，前往伊勢的一行人還會繼續前進嗎？或在某處停留？

彰子現在怎麼樣了呢？

老實說，昌浩很想拋下一切，立刻飛奔到她身旁。一想到不知讓她費過多少神、擔過多少心，昌浩就很怕見到她，難過得連看都不敢看她。愈是強擠出笑容跟她交談，心就愈是疼痛。

昌浩握緊了香包，咬住嘴唇。

看到昌浩滿臉懊惱的樣子，小怪在搖晃中敏捷地跳上他的肩膀，用尾巴砰砰敲打他的頭。

「小怪？」

「你可能不記得了，你香包的繩子鬆開，所以香包掉了。」

「咦?!」

昌浩慌忙往衣服裡面看，綁著繩子的香包好端端地垂掛在胸前。

他呼地鬆了一口氣。

「還在……小怪，你幹嘛嚇我？」

「是我幫你撿起來的。昌親幫你綁好後，再幫你掛回了脖子上，你等一下要跟他說聲謝謝。」

昌浩眨了眨眼睛。

小怪盯著黑暗的前方。位於石階盡頭的祭殿大廳照不到陽光，雖然有篝火勉強照亮，還是無法把每個角落都看清楚。不過，它的視力遠遠超過人類，在沒有燈光的黑夜，也可以像白天一樣看得很清楚。

能見度距離比昌浩遠的小怪，已經看到了出口。它的聽覺也比人類靈敏，能聽到昌浩聽不見的聲音。

「好像有人在爭吵。」

「咦？」

驚訝的昌浩也豎起耳朵傾聽，但是沒辦法聽得像小怪那麼清楚。

白色的長耳朵抖動著，夕陽色的眼睛閃閃發亮。

「沒聽過的聲音……啊，阿曇也在。」

昌浩半感嘆地對瞇起眼睛的小怪說：

「你好厲害，不愧是怪物。」

「不要叫我怪物，晴明的孫子！」

「不要叫我孫子！」

就在他本能地反罵回去時，夕陽色眼眸瞥了他一眼。

「？」

昌浩疑惑地回瞄他一眼，小怪用白色尾巴一次又一次地拍著他。

「……」

一種無法形容的感覺湧現心頭。

昌浩伸出手撫摸著小怪的背，白色的毛摸起來好溫暖、好舒服。昌浩想起來，好久沒這樣撫摸小怪了。

這樣撫摸了好一會，地震也稍微緩和了。

昌浩站起來，快步走下石階，在出口處停了一下，確認寬敞的空間裡有哪些人在。

玉依公主正面向大海祈禱。在離她不遠的地方，一個篝火倒在地上。木柴散落一地，只有微弱的火在燃燒著。火光前站著一個老人、一個壯年男子，還有益荒和阿曇。

「他們是……？」

那兩張陌生的面孔是什麼人呢？

「是度會族人，在這座神宮服侍神明的神官一族。那個老人叫禎壬，另一個我也不認識。」

很簡單的說明，但這樣就夠了。

從他們的表情和態度，就可以看出他們與益荒、阿曇之間不太和睦。

昌浩眨眨眼睛，環視祭殿大廳。

「沒看到齋……」

小怪也瞪大了眼睛。

「太奇怪了，那兩人都在啊！」

那兩人是指益荒和阿曇。

很難想像他們會離開齋的身旁。

「昌浩，躲起來。」

「咦，為什麼？」

「度會那兩人討厭齋，跟齋在搶脩子，我怕你出去會有麻煩。」

昌浩與小怪躲在篝火照不到的地方。

希望度會族人早點離開。

觀望著的小怪聽到腳步聲，動了動耳朵，回頭一看，不禁皺起了眉頭。

好像有人從石階下來，在地震的搖晃中，氣喘吁吁地往下走。

過了一會，度會潮彌出現在黑暗中。他沒看見躲起來的昌浩和小怪，步履蹣跚地向前走。

益荒和阿曇看到他，表情立刻緊繃起來。看就知道，他們一點都不歡迎他。

然而，潮彌卻滿臉喜悅，篝火照出他紅得詭譎的臉頰。搖晃逐漸平息了。但是，三柱鳥居裡的金龍沒有消失，仍舊蜷曲著龍身，目不轉睛地盯著玉依公主。

玉依公主文風不動，繼續祈禱著。

禎壬疑惑地看著走過來的潮彌。

「潮彌，你怎麼了？」

除非有什麼大事，否則在玉依公主祈禱期間，絕不可以踏入祭殿大廳。只有長老不在限制內，但是禎壬也很自律，只有在發生重大事件時才會進來。

潮彌是下一任準長老，但現階段還不過是個神官，沒有禎壬的許可，他不應該下來大廳。

「禎壬大人，你會很開心的。」

「什麼？」

潮彌的眼神洋溢著喜色。

「我為玉依公主除去了大患。」

禎壬和重則猜不出他話中的意思，顯得很困惑。

「你在說什麼，潮彌……」

禎壬疑惑地看著年輕的外甥。重則沒說什麼，但也一樣瞪著潮彌。

益荒和阿曇的反應十分激烈。

「臭小子……你做了什麼?!」

益荒逼近潮彌，阿曇像疾風般拔腿往前衝。

衝上石階的阿曇，也沒發現躲在暗處的昌浩和小怪。

益荒的手揪住潮彌的前襟。

「你把齋怎麼樣了……?!」

潮彌邊掙扎著想撥開強而有力的手，邊無畏地笑著。

「我把害玉依公主失去力量的元兇、罪孽的生命，還給神明了……！」

益荒驚愕地倒抽了一口氣，潮彌的叫喊聲扎刺著他的耳朵。

「這場雨還有地鳴全都是她帶來的。如果把她還給神，就能抵銷她的罪孽，那麼，應該正合她意吧？」

「混帳！」怒吼聲震響，益荒燃燒著熊熊怒火的視線射穿了潮彌。「你這個乳臭未乾的小子，什麼都不知道，竟敢……！」

從益荒身上噴出強烈的鬥氣。面對這麼激動的益荒，人類完全無力抗拒。

禎壬和重則被捲入劇烈的通天力量漩渦，根本無法靠近。這時候，一個白色身影倏

地越過他們身旁。

受到衝擊，益荒的手稍微放鬆，潮彌就被反彈的力量拋飛出去了。

猛衝過來的小怪骨碌翻個觔斗，穩穩著地，擺好架式，瞇起了眼睛。

「你殺了他有用嗎？神的使者不能殺人類吧？」

益荒淒厲地笑著說：

「讓齋小姐活下來是神的旨意，凡是違背神意的人，都該受到制裁，我只是執行這件事而已。」

夕陽色的眼中閃爍著厲光。瞬間，火焰鬥氣包圍小怪，現出高大修長的身軀。

紅蓮與益荒的視線幾乎同等高度。

兩人之間彷彿迸出了火花。

再也看不下去的昌浩衝出來大叫一聲：

「紅蓮！」

「昌浩，別過來！我必須跟這傢伙做個了斷。」

到底是要做什麼了斷？昌浩猛然停下腳步時，地底下又傳來轟隆地鳴聲。

像慘叫般的聲響，在祭殿大廳層層繚繞回響著。

在三柱鳥居包圍中蠢蠢蠕動的金龍發出了咆哮聲，開始暴動起來。

氣脈的通路被堵塞逆流，從地御柱溢出，就快把三柱鳥居推倒了。等著三柱鳥居傾倒的數隻金龍開心得全身顫抖。

現在不是打架的時候，益荒把注意力轉向了金龍。

紅蓮也意識到情況危急，沒有繼續挑釁益荒。

場面終於穩下來了，昌浩拍拍胸口，鬆了一口氣。這時候，他聽到潮彌開心地喃喃唸著：「必須趕快把新的物忌帶來，必須趕快把脩子公主帶來……」

茫然佇立的重則，聽到這句話才赫然回過神來。

「脩子公主被……對了，就是你！」

重則轉頭瞪著昌浩。

但是，昌浩什麼都不知道，疑惑地皺起了眉頭。

「咦……？我做了什麼？」

「少裝了！內親王在哪裡?!」

重則逼近昌浩，厲聲質問。昌浩反瞪他一眼說：

「你要公主做什麼？」

「我要用她來替換齋那個無能的物忌，讓她輔佐玉依公主。玉依公主的力量會愈來愈薄弱，都是因為齋……！」

重則的雙眸炯炯發亮，充斥了憎恨的眼睛深處燃燒著熊熊火焰。

頂多十歲的女孩身影浮現於昌浩腦海。為什麼他們會憎恨她到這種地步呢？昌浩所認識的她只是嘴巴硬，本性並不壞。

女孩曾對懷抱傷痛的昌浩說：「不要再責備自己了。」對他伸出了援手。

潮彌搖搖晃晃地站起來說：

「沒錯……要讓內親王擔任物忌，協助玉依公主。這樣，我們的玉依公主才能挽回以前的力量。」

齋是一切的元兇，所以他把齋還給了神。

「大海……與統治黃泉之國的素戔嗚相連，她可以在那裡贖罪。」

「大海？你總不會把齋扔進了海裡……」

昌浩臉色驟變。

連日來的雨，使得海面波濤洶湧。

瞠目結舌的益荒，頓時面如死灰。

阿曇趕到東側懸崖邊，撿起了地上的衣服。

「這是益荒的……」

齋幾乎每天都會來這裡看日出。即使最近因為下雨都看不到太陽，她還是持續著這樣的習慣。

益荒總是陪著她，用自己的衣服替她遮雨。在她主動開口說要回去之前，益荒都會留在那裡。

這裡是島上最先看到日出的地方，或許對齋來說，比起待在神宮、在祭殿看著玉依公主，待在這裡的短暫時間是最能放輕鬆的時候。

「齋小姐……妳在哪裡？齋小姐！」

阿曇放聲大叫，臉色逐漸轉白。

連這裡都聽得見低沉的地鳴聲，她必須趕快帶齋回去。

「齋小姐！齋小姐！」

從很久以前，從十年前齋出生的時候，益荒和阿曇就看著她長大。奉神的旨意，隱瞞她的存在，不讓度會氏族知道，平靜地過日子。

這小小的祥和，在五年前被度會氏族破壞了。

阿曇抓著衣服的手顫抖著，她拚命地到處尋找齋。

「如果沒有度會潮彌那小子……！」

這句話她不曉得說過多少次，每次都是被益荒勸阻，她就閉上了嘴。

早知道就不該閉嘴，她一直很擔心會有這麼一天。

度會氏族對齋的負面想法與日俱增，開始會當面指責她，動不動就說她是無能的物忌，一無是處。

不管阿曇他們怎麼袒護她，說她不是那樣，齋還是相信度會氏族說的話，認為自己本身就是罪孽，不該待在這裡。

齋說要給玉依公主死亡的安寧、要讓玉依公主變回人，她願意為此背上所有的罪名。她這麼說，是在雨剛開始下的時候。

「齋小姐！」

天照大御神的神氣恐怕都被這場雨沖走了。無論玉依公主再怎麼祈禱，神的力量都不會傳達下來。

因為人心被黑暗吞噬，所以神威也不再降臨了。

齋曾仰天長嘆，說招來黑暗的是自己。

「齋小姐！快出聲啊！」

抓著衣服到處搜尋的阿曇，忽然察覺一股氣息。

她撥開枝葉，走進蓊鬱茂密的森林裡，不禁張大了眼睛。

「啊……！」

8

金龍在三柱鳥居之中伺機而動。

熊熊燃燒的眼睛，瞪著專心祈禱的玉依公主。

玉依公主不可能沒察覺那股視線，卻還是一心一意地祈禱著，完全不在意背後引發的騷動。

彷彿所有感官都與世界隔絕了，她的背部一動也不動。

一直看著玉依公主的度會禎壬，把頭緩緩轉向潮彌。

外甥潮彌的眼神看起來有些瘋狂，他說他把齋還給了神。

益荒向他逼近一步。

「你把齋怎麼樣了？」

太過平靜、沉著的聲音，刺入了潮彌耳中。這是他有生以來，第一次感覺到深不見底的恐懼。

無論氣氛再怎麼嚴肅，神的使者益荒和阿曇也不曾顯露出這麼強烈的敵意。不，已經不能說是敵意了，而是明顯的殺機。

潮彌畏畏縮縮地說：「我把她交還給神了，請大海把她交給天御中主神。」
益荒伸出手，嚇得潮彌全身僵硬。
這時候，傳來沉重的嗓音。
「你真糊塗……」
所有視線都集中在一點。
度會禎壬滿臉憔悴，抬頭仰望著上方。
「禎壬大人？」
與昌浩對峙的重則疑惑地皺起眉頭。
禎壬瞥了玉依公主一眼，有氣無力地接著說：
「就算你殺了齋，玉依公主的力量也不會復原。」
洶湧的波浪在玉依公主前方高高席捲而來，濺起飛沫。由此可見，整片大海都被暴衝的氣脈擾亂了。
「是公主自己不想再當神的容器了。」
瞬間，所有人都懷疑自己的耳朵有問題，在腦海中不斷想著這句話。
禎壬自言自語般地喃喃說著：
「是的……玉依公主踐踏了我們度會氏族的忠誠，背叛了我們……」

從神治時代開始就在這座神宮祈禱的玉依公主，在很久以前，放棄了人類的身分，成為神的容器，是長生不老的女巫。

現在她卻自己放棄了這個使命。

「這是嚴重的背叛，枉費度會氏族把一切都獻給了公主。這一切都要怪公主，是她自願放棄玉依公主的使命，放棄聆聽神的聲音或請神降臨。」

所以，公主的力量正逐漸流失，愈來愈難聽得見神的聲音，光是聆聽神的一點旨意，就要花很長的時間。

不管守護國家柱石的神有多痛苦，玉依公主都很難聽見祂的聲音，也無從詢問天神該怎麼停止這場雨。

現在，公主唯一能做的就是祈禱，祈求神明不要拋棄世上所有的生物。

聽完禎壬的說明，潮彌茫然佇立。

「公主自己……放棄了使命……？」

「是的，即使你把齋還給神也於事無補。」

聽禎壬這麼說，潮彌注視著自己顫抖的雙手。

把年幼的物忌推落大海的就是這雙手。女孩的脖子比想像中細，三兩下就被自己推下去了，連自己都感到驚訝。

度會族人們一直以為，是那個女孩的存在使玉依公主逐漸失去了力量，愈來愈聽不見神的聲音。而地脈的暴衝、雨下個不停，也全都是因為她。

難道完全不是他們所想的那樣？

「我……我是為了公主、為了神……」

為了讓一切恢復原狀，他才殺了元兇齋，以為這是最好的辦法。

一聲嘶吼敲打著他的耳朵。

「不！」

度會氏族三人都赫然轉頭，望向聲音來源。

「不是……！你不是為了公主，也不是為了神，全都是為了你，為了你自己！」

「你、你說什麼？臭小子！」

潮彌惱羞成怒地要抓昌浩的手，反被昌浩抓住。

「如果是為了玉依公主，你為什麼不問玉依公主希望你怎麼做？為什麼還沒確定，就對齋下手了?!你根本是覺得齋很礙眼，覺得她妨礙到你，所以假借神的名義殺了她，對吧?!」

潮彌無法反駁，真正的意圖被揭發，他完全無法替自己辯解。

沒錯，不是為了玉依公主。覺得齋很礙眼、想除掉她，都是出於潮彌自己的心。

那不是神的期望，也不是玉依公主的期望。

他們所祭祀的神，派自己的使者來保護被視為禍害的女孩，就是不希望任何人傷害到她。

這才是神的旨意。

聽不到神的聲音也沒關係，從益荒和阿曇的意志就可以看得出來。

紅蓮把潮彌從昌浩身旁拉開，金色雙眸射穿他，逼得他退後了好幾步。

「昌浩，你沒事吧？」

「嗯，沒事。」

昌浩按著脖子點點頭。是撐得有點辛苦，但沒怎麼樣。

從地底下響起地鳴聲，恍如支撐這個國家的地御柱正訴說著自己的痛苦。

「那麼……這地鳴聲、這場雨，是怎麼回事？公主的力量為什麼會逐漸減弱？為什麼……！」

潮彌抱頭狂吼。不管他們怎麼祈禱，都幫不了玉依公主的忙。

那個女孩身為物忌，卻沒有任何力量。既然如此，認為有她在才擾亂了一切又有什麼不對呢？

「禎壬大人，是您說齋有罪……說她本身就是罪孽啊！」

昌浩張大眼睛看著禎壬。

度會禎壬也看著昌浩，那張臉頓時蒼老許多。

不論潮彌、重則或禎壬，都有著相同的眼睛。從他們的眼眸可以看到堅定的意志、為了信仰不惜犧牲生命的純真，以及忠誠。然而，在這些情感深處，卻燃燒著黑暗之火。

佈滿地御柱的黑色繩子，瞬間閃過昌浩腦海。

窸窸窣窣蠢動、像黑色繩子的東西，把地御柱折磨得哀聲連連。

地御柱是國家的柱石「國之常立神」，而將神層層纏繞、緊緊困住的黑繩是……

昌浩的心跳猛然加速。

他聽見從度會他們的心底深處，傳出了張牙舞爪的吶喊。

——我恨。

——我恨。

——我恨。

我恨玉依公主。

她背叛了，背叛了度會氏族。

我恨，我恨齋。

無能的物忌，沒有任何能力，卻在神的守護下活到現在。

有句話在昌浩的耳邊歷歷浮現。

「有很多人的心崩潰了，在心上留下深深的創傷，所以被乘虛而入、被迷惑，因此沉淪為魔鬼卻渾然不知。的確有很多這樣的人。」

對度會氏族來說，玉依公主的選擇是嚴重的背叛。歷經好幾世代都在服侍玉依公主、只為公主而存在的那些人，都覺得心被踐踏了。

不難想像那是多麼重大的打擊，又多麼讓人沮喪。

「人類的心脆弱、膽小，處處都是破綻，遇上了一點芝麻小事就會被迷惑。小心點，黑暗的聲音隨時會潛入，讓人深陷黑暗，逐漸沉淪。」

昌浩的心跳又咚咚加速。

滿佈在地御柱上的黑繩，是人心邪念的具象化。

他們崇拜玉依公主、侍奉玉依公主，心底深處卻潛藏著另一種思想。

遭背叛的他們，感到絕望、憤怒而悲傷。

這些都是心靈的創傷，很容易被乘虛而入。

他們又不敢向玉依公主發洩這股怨氣，因為對度會氏族來說，玉依公主是他們存在的意義，是他們在這座島嶼、這座神宮，從過去到未來都要繼續守護的女巫。

那麼，該把這股怨氣發洩在誰身上呢？

必須有顯而易見的理由，對象還必須是脆弱到被當成元兇也無力反擊的人，最好是被烙印上「本身就是罪孽」的人。

錯的是誰？該責備的是誰？

五年前，那個女孩突然出現了。擔任物忌的她，名字叫做齋。

齋是「無罪者」的意思。就是因為背負著罪孽出生，才會取這種名字，希望能當成咒語，替她消除罪孽吧？

既然如此，所有災難就是齋帶來的，齋是一切的元兇。

把一切都轉嫁給齋，所有人的心就能取得平靜，不會被自己心中的惡意和邪念壓垮。齋這個明確的罪人，讓度會氏族的情感全都正當化了。

潮彌、重則和禎壬都是這樣把自己正當化的。

紅蓮覺得度會的族人們及人類心念的自私，都令他作嘔。

只要犧牲某人，踐踏某人的心、壓垮某人以保持自己的平靜，他們就能繼續崇拜神、侍奉玉依公主，當個清廉的神職。

齋是最好的對象，因為她本身就是罪孽。追究罪孽、責備罪孽是正確的事，他們做的都是正確的事。

度會氏族為了站得住腳，把一切都推給了齋。

這簡直就是魔鬼的行徑。這世上有太多人保有人類的模樣，卻是不折不扣的魔鬼。

魔鬼會把弱者當成活祭品，靠踐踏弱者的心活下去。

活祭品會被迫背上沉重而痛苦的負擔，心被徹底撕碎，卻沒辦法大聲說「我不要這樣」。

甚至連自己被當成了活祭品都不知道。

就算有益荒和阿曇在，恐怕也無法完全杜絕這種事。

孩子的心是敏感的。透過肌膚、空氣，她一定經常感覺到針對自己的負面思想，個性才會變得那麼堅韌。

紅蓮也有過這樣的經驗。身為兇將，也是最兇悍的他，從誕生以來就面對這樣的待遇。他認為這是理所當然的事，對自己的孤獨沒有產生過任何疑問。

這樣的想法逐漸改變，是在成為安倍晴明的式神，跟隨晴明之後。

想到這裡，紅蓮突然覺得事有蹊蹺。

齋以物忌的身分第一次出現在度會氏族面前時，就已經被無情對待，應該已經習以為常了，會因為這樣就想戕害自己嗎？

紅蓮以自己為例思考。

他會傷得那麼重，以至於追究自己的罪，大叫「殺了我吧」，是有原因的。

因此，他深深責備自己，恨不得把自己從這世上抹去。直到現在，那個原因還無法完全消除，成了疤痕留在他心底。

齋應該也有像紅蓮那樣的原因，否則不會把自己逼到那樣的絕境。

她身旁有益荒、阿曇，一看就知道他們有多珍惜她。可見，齋所背負的，是連他們也無法治癒的創傷。

「紅蓮。」

叫喚聲拉回了紅蓮的視線。

昌浩正盯著在三柱鳥居中間扭動的金龍。

他的雙眸顯露出堅定的決心。

「在夢中，神拜託我砍斷覆蓋住地御柱的繩子。」

神的話語在耳邊回響。

——有個人的心被黑暗吞噬了，我要你把那個人的心從黑暗中救出來，就是那個人製造出來的黑繩，包住了這根柱子。

然而，玉依公主卻阻止他這麼做。

——割不斷啊！就算割得斷也得從根部割，否則那東西會再爬滿柱子上。

為什麼玉依公主試圖阻止自己呢？

他看看度會族人。

是這些服侍玉依公主和神明的人們製造了黑繩。

啊，原來如此，昌浩終於想通了。

若貿然砍斷繩子，製造出繩子的邪念就會悉數反彈回到施放者身上。反彈後會膨脹好幾倍，再度纏繞著柱子。

必須讓度會族人從魔鬼變回人，否則無法完全解放柱子。

該怎麼做，才能讓陽光照亮度會族人們心中的黑暗呢？如果一切都是從他們的心靈創傷衍生出來的，那麼，必須治療他們的創傷，讓他們察覺。

就像榎岦齋在夢裡救了自己一樣。

金龍不斷咆哮。被五花大綁的地御柱，氣脈窒塞不通。原本應該繞巡大地的氣脈往上噴射，就快從內側摧毀三柱鳥居了。

那些金龍正等著脫困。

地鳴愈來愈強烈，透明的金龍也逐漸形成了實體。

又長又大的龍身扭動著，意圖從鳥居掙脫出來。龍身一撞擊柱子，就會響起嘎吱嘎吱的傾軋聲。

現在是靠玉依公主的祈禱力量保護著鳥居。

天御中主神把力量借給了一心祈禱的玉依公主。

然而，也快到極限了。因為玉依公主的生命以及身為神之容器的力量，都快耗盡了。

齋希望可以在玉依公主失去力量之前，給予她死亡的安寧，這樣她就可以再投胎轉世，重回人類的生活。

但是，沒有人知道齋這樣的願望，因為她還來不及說出她的真正想法，就沉入大海了。

昌浩無法實現她的願望，無法給玉依公主死亡的安寧。

他想起齋堅決的眼神。對費盡心思至今的齋來說，玉依公主究竟是怎麼樣的存在？

「我要砍斷覆蓋地御柱的繩子。」

昌浩毅然決然地說。紅蓮皺起了眉頭。

「怎麼砍？」

「呃……」昌浩指著三柱鳥居。

地御柱應該是在金龍狂暴扭動的鳥居下方。

「從三柱鳥居中間爬下去……」

「那金龍怎麼辦？」

「嗯，所以我要你幫忙啊！紅蓮。」

紅蓮滿臉無奈地嘆口氣，他早想到會是這樣，果然不出所料。

端正沉穩的眼中浮現了憂慮。

「你最近老做些危險的事。」

「嗯，對不起。」

然而，昌浩還是堅持己見。

兩人正要往前衝時，被潮彌和重則擋住了。

「你們要做什麼？不可以靠近玉依公主。」

重則把手放在腰間的刀柄上。

紅蓮咂咂舌，擺出與重則對峙的姿態。

潮彌意圖阻擋昌浩。

「讓開，不解放地御柱，就沒辦法阻止龍脈暴衝。」

但是潮彌目光炯炯地瞪著昌浩。

「你想怎麼做？你這樣的毛頭小子能做什麼……！」

昌浩嚴厲地瞪著潮彌說：「玉依公主想救你們，所以我要完成她的心願。」

昌浩甩開了潮彌的手往前衝，衝向玉依公主祈禱的祭壇。

與重則對峙的紅蓮看到昌浩那麼莽撞，暗自下定決心，事後一定要好好教訓他，讓他知道這樣不顧一切地往前衝，不會有什麼好結果。不趁現在教會他，將來教人擔心。

「快讓開，不然我會讓你好看！」

紅蓮兇狠地恐嚇，然而重則還是不讓開。他是背負度會氏族陰暗面的虛空眾之統帥，威脅和恐嚇對他起不了作用。

紅蓮咂咂嘴，束手無策，因為他不能攻擊人類。

是益荒從背後抓住了重則。

紅蓮瞪大眼睛看著益荒，只見他微抬了抬頭說：「快走。」

對益荒出乎意料的行動，紅蓮難掩懷疑。

「你在想什麼？」

「這是齋小姐的意思。」

齋曾要求他協助昌浩和紅蓮。

忽然，紅蓮感覺到這個男人不想活了。
因為就在自己暫時離開那期間，齋被潮彌殺害了，使他心中充斥著深深的絕望，以及對自己的憤怒。
紅蓮嚴厲地瞇起眼睛，抓住益荒的手說：「那你也一起來。」
「什麼？」
紅蓮推開重則，拖著益荒往前走。
「我人手不夠。那小子為了阻止金龍，要從三柱鳥居往下爬到地御柱，你也來幫忙。」
益荒瞪了度會氏族一眼。地鳴又更加劇烈了。擁有實體的金龍，就快摧毀鳥居了。
金龍一旦掙脫，地御柱就會開始崩塌。
益荒屏息，甩開紅蓮的手，衝向柱子。
越過結界後，來到了玉依公主的祭壇。
昌浩輕聲叫喚著正在祈禱的玉依公主：
「玉依公主……」
然而，玉依公主完全沒有反應。她說過再也沒有機會交談了，是真的嗎？
她所說的話還深藏在他心底深處。
人類的心是脆弱的。任何人都有跟黑暗相連接的部分，絕不可以放手，任憑那部分

墜入黑暗。一旦放手，人就會變成魔鬼。

昌浩站在懸崖邊，俯瞰著海面。從懸崖到三柱鳥居約莫有三丈遠。澎湃洶湧的波浪看不見底，無從知道鳥居的支柱究竟延伸到什麼地方，而地御柱在支柱的更下方。

要怎麼樣才能到達那根柱子呢？

正困惑時，追上來的益荒告訴昌浩：

「要進入鳥居的支柱，必須先暫時打開困住金龍的牢籠。」

再以最快速度進入，以免金龍衝出去。

海水不會湧入牢籠內，因為這座三角形的鳥居有源源不絕的神力供應。

益荒抬起頭，對著鳥居上空說：「我的主人，天御中主神啊！」

昌浩瞪大眼睛看著他，沒想到會在這裡聽到這個神名。

他偷瞄紅蓮一眼，發現紅蓮沒有特別驚訝的樣子，好像早料想到了。

在自己不省人事時，不知道紅蓮和昌親都聽說了什麼？又看到了什麼？昌浩心想等一下得問個清楚才行。

「如果祢還聽得到我的聲音，請賜給我力量。」

益荒的祈禱被地鳴聲掩蓋住了，但是，言靈似乎傳到了天上。

三柱鳥居亮了起來，波濤洶湧的海面也戛然靜止。

昌浩發現跟鳥居同樣的光芒也包圍了他們。

是很輕柔、很溫暖的光芒，感覺很熟悉。

到底是像什麼呢？昌浩想起來了，很像從天空照射下來的陽光。

「走吧！」

益荒一催促，昌浩和紅蓮就跳下了懸崖。

金龍兇性大發，對靠近的人發出威嚇的咆哮聲，露出明顯的敵意。

凌空飛躍的昌浩整頓呼吸。在京城也跟這隻龍對峙過，但是它現在已經有實體了。

「——嗡！」

就在結印那瞬間，身旁噴出了灼熱的鬥氣。

昌浩移動視線，看到紅蓮全身都被紅色鬥氣包圍了。

但是，對方是龍脈的化身，火焰根本燒不了，他是想怎麼做呢？

紅蓮察覺到昌浩的視線，瞪著金龍說：「我來對付它，你快趕去地御柱那裡。」

「可是……」

「別擔心。」紅蓮瞄益荒一眼，很不情願地說：「我一個人可能頂不住，但是還有他。」

昌浩大感驚訝。

印象中，紅蓮從來沒有說過「某人的力量跟我差不多」之類的話。十二神將中最強、最兇悍的稱號，他當之無愧，沒有人的通天力量可以勝過他。

神的使者益荒可能真如其名，是個有勇氣、有擔當的男人吧！

衝向三柱鳥居的益荒，眼眸之中燃燒著熊熊怒火。

解放地御柱，平息龍脈的暴衝後，他要潮彌付出生命來贖罪，就算無知也不能減輕他的罪行。

包圍柱子的神力瞬間消失，原本被神威困住的金龍發出了咆哮聲。

益荒與紅蓮、昌浩三人鑽進了三柱鳥居，進入牢籠裡。

無數的龍企圖衝出鳥居，但是，又被瞬間復原的神威擋住了。

只有一隻突破了重圍。

「糟糕……！」

益荒大叫，但他發現得太晚了。要離開牢籠，必須再讓神力消失一次。

這麼一來，又得解放被關住的其他金龍。

逃出去的金龍，注視著長久以來一直困住自己的玉依公主。

龍身散發出火焰般的光輝，那是從地御柱噴出來的氣脈的一小部分。

又長又大的龍張開血盆大口，發出震耳欲聾的咆哮聲。

玉依公主緩緩地張開眼睛，抬起頭。

看到已逼近眼前的金龍，玉依公主連眉毛都沒動一下。

「公主……！」

就在益荒大叫的同時，灼熱的火焰延燒起來。

被熱風搧到的益荒趕緊拉回視線，看到無數的龍衝過來了。

紅蓮向前一步迎擊金龍，手上還握著武器。

昌浩看出那是什麼武器，驚叫說：「勾陣的筆架叉?!」

還沒問為什麼，他就先想通了。

火與土相生。紅蓮用火攻，只會讓屬土的金龍更加活化。但是若以同樣的土氣攻擊，力量就會彼此抵銷。

昌浩不曉得紅蓮為什麼握有勾陣的武器，但他知道，跟在出雲時一樣，紅蓮是想透過土將的筆架叉轉換自己的神氣。

「昌浩，快走！」

「嗯！」

在紅蓮的催促下，昌浩跳進了三柱鳥居中央。

不可思議的力量包圍住昌浩，讓他躲過了迸發的大地波動。在朦朧光芒的包圍中，他被帶到了地御柱那裡。

紅蓮不由得往上看。

「是神……？」

不知道是哪位神明，可能是天照大御神或天御中主神，也可能是使出最後神力的國之常立神本身。

為了解放地御柱以保護這個國家、保護天下萬物，祂可能把僅存的一點神力都給了昌浩。

咆哮著衝過來的龍被紅蓮的神氣擊中，斷成兩截，不支倒下了。其他金龍顯得有些退縮，動作變得遲鈍，但是看得出來，由於大地的波動迸發，它們的力量正逐漸增強。

益荒轉頭看玉依公主，與金龍對峙的她面無表情地佇立著。

益荒倒抽了一口氣。神沒有降臨，因為他感覺不到那股氣息。

玉依公主已經完全無心了。

「公主……」

就連僅存的一點意志也快煙消雲散了，即便金龍不攻擊她，她的存在也將消失。

金龍大聲咆哮。像人偶般毫無反應的玉依公主緩緩轉身，背對著金龍，跨步往前走。

「玉依公主！」

就在益荒大叫時，突然颳起一陣龍捲風，把金龍拋飛了出去。

9

「玉依公主！」

驚叫聲響徹了祭殿大廳。

剛下了石階的阿曇衝向緩緩往前走的玉依公主。

把金龍拋飛出去的，是阿曇的力量。阿曇使出全力築起了無形的保護牆，金龍撞上保護牆，被反彈出去，怒火燃燒的雙眸瞪著製造障礙的阿曇。

咆哮聲震響，阿曇正面挑戰金龍。

度會族人看到跟在阿曇身後走下石階的人，都倒抽了一口氣。

手撐著牆壁走下來的，是應該已經沉沒大海的齋。

潮彌搖搖晃晃地站起來，說：「妳……怎麼會……！」

潮彌正要逼近齋，看到跟在她後面的人，立刻停下了腳步。

他和禎壬都是第一次見到他們。

唯一認識他們的重則抬起頭說：「內親王跟你們……」

與脩子一起出現的是風音和太陰。

後面還有昌親攙扶著磯部守直，搖搖晃晃地從石階走下來。
連止血符都止不了的出血滲透了衣服，儘管如此，守直還是靠自己的腳站立著。
守直推開昌親的手，按著傷口走向禎壬，但又停下了腳步。
「磯部……守直！」一度會禎壬大叫。
看到愈來愈接近自己的玉依公主，守直再也忍不住大叫：「公主……！」
齋的肩膀顫抖了一下，無聲地看著玉依公主。
繼續往前走的玉依公主依然面無表情。看到她那樣子，阿曇絕望地眨了一下眼睛。
被彈飛出去的金龍憤怒地撲向了阿曇。她瞥了齋一眼，點點頭，就轉向了金龍。
太陰看了也騰空飄浮，對風音說：「我也去。」
「好。」
風音才剛回應，太陰就已經跟阿曇一起衝向了金龍。
倏子害怕地抓住風音的手，風音微笑著安撫她。
守直站立不動，視線與玉依公主交會。
「玉依公主……」
然而，玉依公主卻好像沒看到守直。不，不只守直，在場的所有人都沒有映入玉依公主眼中。

齋發現她的樣子不對，喃喃說著：「太遲了……公主已經失去一切了……」

垂頭喪氣的齋，雙手緊緊握起拳頭。

「我本來要在她變成這樣前，讓她變回人類的……」

守直緩緩轉過頭問：「變回人類？」

齋沮喪地搖著頭。

搞不清楚怎麼回事的守直，忽然聽到詛咒般的吶喊聲。

「你還活著？磯部守直！」

兩眼炯炯發亮的度會禎壬抖動著肩膀。

「度會長老大人……」

手上拿著武器的重則逼向臉色蒼白的守直，但被禎壬制止了。

「住手，這麼做已經沒有意義了。」

「可是，禎壬大人……」憤怒的重則不甘心地說：「如果沒有這個男人，玉依公主就不會失去力量！」

度會潮彌懷疑自己的耳朵。

他看看突然出現的陌生男人，再看看族中的長老和年長的族人。

重則瞪著守直的眼神充滿了恨意，面無血色的守直毅然面對他的視線。

「虛空眾……我不會再讓你們殺了我。」

齋緩緩抬起頭。看著眼前的守直的背影，她的嘴唇蠕動了一下，但沒發出聲音。

玉依公主越過結界，來到靠近禎壬的地方。

公主的眼眸像凍結般，沒有絲毫動靜，彷彿看著遠方某處，直接從所有人的身旁走過去。

「玉依……公主……」

守直低聲呼喚，虛脫地癱坐了下來。

「守直大人！」

昌親大驚失色地趕快跑去扶住差點不支倒地的守直，聽見他椎心泣血的低訴，昌親不由得張大了眼睛。

「妳都忘了嗎……公主……」

緊握著拳頭的守直全身都在顫抖。

他拒絕昌親攙扶，自己搖搖晃晃地站起來，直直盯著玉依公主，悲哀地瞇起眼睛說：「公主，我是守直……妳忘了嗎？公主……」

玉依公主連看都沒看守直一眼。

重則介入他們兩人之間，推開了把手伸向公主的守直。

「不要靠近她，磯部守直。十年前……如果你沒來這座島，就不會演變成現在這樣！」

始終默不作聲的潮彌終於戰戰兢兢地開口了：

「重則大人……」

重則和禎壬都表情緊繃地看著潮彌。他們的注意力都被突然出現的守直吸引，完全忘了潮彌的存在。

這名度會氏族的年輕人顯然很困惑。

「他到底是誰啊？既然姓磯部，應該是伊勢的磯部吧？」

潮彌轉頭打量守直，他看起來比重則年輕許多，十年前到底發生了什麼事？

十年前，潮彌還是個不到十歲的毛頭孩子，天天夢想著成為神官，進入海津見宮。

並不是所有度會氏族的人都可以當神官，沒有能力就無法勝任神宮的神職。

潮彌忽然想起，十年前他曾在西岸的岩石地見過玉依公主。

不太外出的玉依公主，那晚出現在人跡罕至的岩石地。

不發一語的玉依公主，凍結的眼眸沒有看著任何人。

潮彌跟玉依公主交談過幾次。那優雅的舉止、讓人覺得溫柔中帶著堅定意志的美麗聲音，都令潮彌無限憧憬。

「如果……」禎壬忿忿地說：「如果這個人沒有跟玉依公主邂逅，我們就不會遭到

背叛……」

潮彌瞠目結舌，聽不懂話中意思。

所有人都鴉雀無聲。滿臉痛楚的禎壬開始滔滔不絕地說了起來。

「潮彌，是你通知了我們，說玉依公主出現在西岸岩石地。」

但是通常在祭殿裡祈禱的玉依公主，沒理由去那種地方。

禎壬心生疑惑，就帶著當時剛加入虛空眾的外甥重則去西岸岩石地勘查。

在那裡，發現了有人上岸的明顯痕跡。

◇　◇　◇

有人闖入了島上。

禎壬發現了這件事，決定與重則一起監視岩石地。

玉依公主似乎不止一次溜出神宮，來到這片岩石地。都沒有人發現，是因為誰都沒料到公主會偷偷溜出神宮。

屏氣凝神的禎壬和重則看到了乘小船上岸的年輕人。

是不曾見過的面孔。搭那種小船來這座島嶼是相當困難的事，年輕人卻很熟練地綁好小船，爬上了岩石地。

往林間眺望的年輕人，臉上突然展現燦爛的光輝。

禎壬他們循著他的視線望過去，簡直不敢相信自己的眼睛。

玉依公主出現了。年輕人跑向了公主。

玉依公主握住年輕人伸出來的手，盈盈笑著，那是禎壬他們從來沒有見過的少女般的容顏。

重則正要衝出去時，被禎壬一把拉住了。

「禎壬大人?!」

禎壬對氣得滿臉通紅的重則說：「現在不要出手，先看情形。」語氣冷靜得可怕。

重則屏住呼吸，默默點點頭。

兩人小心翼翼地躲著，偷窺年輕人和玉依公主的行動。

這時的玉依公主，不像是活過好幾百年的神之容器，倒像個人類少女。

禎壬覺得心逐漸冷卻，加速跳動的心臟慢慢地凍結，幾乎就快靜止了。

玉依公主抬頭看著年輕人，溫婉地笑著，用「看起來很幸福」來形容她的表情再貼切不過了。

一看就知道，他們不是這幾天才認識的。

應該是瞞著度會族人，偷偷約會了好幾次。

這個年輕人是什麼人？怎麼樣跟玉依公主邂逅的？玉依公主為什麼瞞著大家跟這個男人來往？

頓時湧上心頭的種種情感，沒多久就沉重地、陰暗地埋入了禎壬心底。

度會氏族把生命都獻給了玉依公主，卻遭到背叛。長年建立起來的威信，都被玉依公主踐踏了。

月落星沉。

年輕人站起來，玉依公主難過地眉頭深鎖。年輕人對說著什麼的玉依公主搖搖頭。她可能是說「不要走」，可是，摸黑上島的年輕人必須在日出之前離開，不然很可能被島上剛睡醒的島民發現。

臨走前，年輕人把玉依公主纖細的身子拉到懷裡，緊緊摟著她。

只擁抱了一會，年輕人就敏捷地爬下岩石地，搭上了小船。瞬間，船隨波漂流，很快就不見了。

玉依公主仍留在岩石地，直到看不見年輕人的小船，才轉身離開，消失在樹林間。

「潮彌有沒有看見那個男人？」一重則問。

禎壬搖搖頭說：

「沒有，他說他只看到公主一個人在岩石地，就像女神降臨，說得很興奮……」

眼睛閃閃發亮的小外甥說，他會努力當上神官，進入神宮服侍公主。

潮彌確定了人生的目標，那就是把自己的生命和人生都奉獻給公主。

進入神宮的神官們都是這樣，將自己的一輩子獻給了玉依公主。禎壬的父親、祖父也都是這樣忠誠地服侍玉依公主。

然而，公主卻辜負了度會氏族的忠心。

「她一定是被迷惑了……」禎壬喃喃說著站起來。「那個男人不知道用什麼手段迷惑了公主，一定是這樣。」

玉依公主一直待在島上最深處。侍奉她的度會氏族對她只有崇拜，從來不會對她做出越軌的行為或抱持邪念。

一定是因為玉依公主不知道什麼叫「懷疑」，才會被那個男人乘虛而入。

重則握緊拳頭，低聲咒罵：「益荒和阿曇在幹什麼，竟然讓公主獨自外出……！」

禎壬看著氣得直發抖的重則，發現自己竟然冷靜得出奇。

「說不定是公主命令他們不准跟來，他們也只好聽從命令。」

「說得也是……」

「回去吧。」

禎壬轉身離開，重則悶悶不樂地跟在他後面。其實，重則很想追上那個男人，當場殺了他，但是需要禎壬許可才能那麼做。

「禎壬大人，那個男人……」

禎壬頭也不回地說：「看樣子，他還會再來島上，到時候再殺了他。」

重則以炯炯目光回應。

隨著時間流逝，禎壬的心愈來愈沉重，漸漸失去了所有感覺。

三天後，那個年輕人再度來到了島上。

正要溜出神宮的玉依公主，被度會禎壬撞見了。

東廂只供玉依公主使用，度會族人都不能進去。當玉依公主從那裡走下庭院時，禎壬就出現了。

「禎壬……」臉色發白的玉依公主勉強擠出笑容。「怎麼了？在這種時間來。」

「公主呢？這種時間要去哪裡？」

「我……我去散散步。」

玉依公主說完就要從他身旁走過去，卻被他一把抓住手臂，走也走不了。

「禎壬，放手……」

「我不放。」

禎壬說得斬釘截鐵，硬是把公主拉回神宮。

「請放開我，我……」

玉依公主愈說愈急，禎壬第一次粗暴地對她說：

「不可以！」

玉依公主的瘦弱肩膀劇烈顫抖著。

「那個男人不會再來島上了。」

「咦……？」

一時之間，玉依公主無法理解禎壬在說什麼。

度會長老冷冷地說：「凡是會擾亂公主心情的人、事、物都必須排除。走，跟我回去。」

公主張大眼睛，深深吸了一口氣。

然後，她發出微弱的尖叫聲，試圖衝出去，但禎壬還是抓著她不放。

「放開我，請放開我，我……」

「不可以，公主，妳……」禎壬椎心泣血地說：「妳背叛了我們度會氏族的心。」

玉依公主縮著身子，無力地癱坐下來。

淚水從她白皙的臉龐滑落，禎壬撇開了視線。

「請不要再做這麼任性的事。」
玉依公主沒有回答，但禎壬知道她再也不會外出了。
禎壬為自己的無禮致歉，便離開了東廂。
益荒和阿曇聽到喧鬧聲而趕來時，只看見玉依公主獨自哭泣著。
「公主，怎麼了？發生了什麼事……」
玉依公主看著阿曇，淚眼婆娑地說：「啊，怎麼辦，禎壬知道他的事了。」
阿曇和益荒沉下臉互望著。
「禎壬說他再也不會來島上了……」
聽到雙手掩面哭泣的玉依公主這麼說，益荒豎起了眉毛。
「禎壬那麼講的？」
公主無力地點著頭。
阿曇似乎想到了什麼，臉色變得鐵青。
「益荒！」
「公主交給妳了！」
益荒飛奔出去，玉依公主驚訝地抬起頭。
「益荒？阿曇，他怎麼了……」

阿曇有口難言，視線飄忽不定，最後被逼問得不得不開口：

「禎壬應該是派虛空眾去了……」

玉依公主張大了眼睛，她知道這意味著什麼。

全身開始嘎嗟嘎嗟打起哆嗦的玉依公主抓住了阿曇。

「阿曇……阿曇，求求妳救他。」

「公主，益荒去救他了。」

「妳也去，幫我傳話給他。」

淚水從她的臉頰滑落。

她平靜地說：「請告訴他，不要再來島上，我會忘了他——」

守直被打得遍體鱗傷，意識模糊。

「磯部守直，你沒想到再也不能活著回去了吧？」

才剛爬上岩石地，守直就被逮個正著，逼問身分，還被痛毆了一頓。虛空眾大可一刀殺了他，卻不那麼做，花很長的時間慢慢折磨他。

虛空眾拎起吐血多次已經全身癱軟的守直，詛咒似的說：

「你將葬身海底，這是你碰了不該碰的東西的懲罰。」

虛空眾把守直從岩石地拖到懸崖邊，拔出腰間小刀，刺進他的肚子。

血泡從守直的嘴角冒出來。

「唔……」

虛空眾把他扔進了大海裡。

由於浪潮的關係，從這裡沉入海裡的東西都不可能再浮起來。

虛空眾的眼神中滿是憎恨，狠狠地瞪著濺起飛沫往下沉的守直。

響起了波浪聲。

虛空眾確定他不會再爬上來後，才轉身離開。

躲在樹林裡的益荒等虛空眾一走，立刻飛奔出來。

他是追蹤血跡而來的。

一看見血跡只到懸崖為止，益荒便毫不猶豫地跳進了大海。

可以在暗夜的大海中找到還沒斷氣的守直，只能說是有神的保佑。

益荒帶著守直從海底浮上來時，阿曇正等著他們。

守直被拖上岸後，阿曇把公主說的話告訴了益荒。

掩不住驚訝的益荒轉頭看著阿曇，只見她默默點著頭。

兩人低頭看著守直，很懷疑這個男人會不會接受這樣的宣判。

「……」

益荒回憶起這個男人第一次來島上的事。

——約莫兩個月前。

一如往常在祭殿祈禱的玉依公主忽然抬起了頭。

隨侍在側的益荒和阿曇正覺得奇怪時，玉依公主站起來了。

「公主？」

玉依公主直接走過訝異的兩人身旁，爬上石階。

益荒和阿曇緊跟在後。

玉依公主直直往西岸的岩石地走去，就在那裡遇見了剛從小船上岸的磯部守直。

後來，玉依公主帶著幸福的微笑說：「是我們的主人叫我去那裡的。」

是天御中主神要真誠祈禱至今的玉依公主去那裡的。

益荒與阿曇身為神的使者，不能阻止守直與玉依公主逐漸縮短彼此的距離。

因為這是神的旨意。

倘若玉依公主拒絕，益荒當然會排斥守直。縱然是神的安排，最該重視的還是玉依公主與守直的心。

在遙遠的神治時代，玉依公主放棄了人類的身分。不過，在身為人類時，她就是侍奉神明的女巫了。

因為她擁有成為容器的強大力量，所以天御中主神要求她成為女巫神（天照大御神）的依附體。

在漫長的祈禱歲月裡，玉依公主曾經瞬間閃過這樣的念頭：

好想過人類的生活啊！

跟一般人一樣，和某個人白頭偕老、生孩子、逐漸老去、死亡。

好想過這種平凡的人生。

成為玉依公主活下來，她並不迷惘，也不後悔。只是有時候會漫不經心地想，如果有其他選擇，她會過著什麼樣的生活呢？

然而，神卻聽到了她的心聲，也接受了她的想法。

倘若，玉依公主當時沒有聽神的話去那裡，就不會遇見這個男人。

而這個男人也不會遇見她。

益荒看著昏迷的男人，瞇起了眼睛。

屬於伊勢磯部直系的守直在舉行元服儀式時，聽說海津見宮的事，激起了他的好奇心，就乘著小船來到了島上。

他不太清楚玉依公主的事，一直以為玉依公主只是個象徵。

在岩石地遇見玉依公主時，他以為她只是在神宮服侍神明的女巫之一，沒想到她就是玉依公主。

從此以後，守直便常常來島上。他來時，玉依公主就會從神宮溜出來。守直什麼時候來，都是阿曇告訴她的。

阿曇喜歡看公主幸福洋溢的樣子。她希望長生不老的玉依公主能享受幸福時光，即使只是短暫的片刻也好。

沒想到反而害了他們。

「把他送到伊勢的海邊吧！」

益荒冷靜地說。阿曇默默點著頭，然後把言靈傳達給了守直。

「守直，你聽著，玉依公主說——」

即使沒有意識，言靈也會烙印在他心中。

那是祈禱守直平安無事的玉依公主的最後道別。

◇　◇　◇

10

「沒想到你還活著。」

被禎壬狠狠一瞪，守直的表情變得僵硬。

虛空眾的重則的確向禎壬報告過，他們已經刺死了守直。從此以後，守直也的確沒有在島上出現過，他們都以為從此天下太平了。

沒想到，在大家都不知情的狀態下，發生了一件事。

玉依公主懷了身孕。

「當我知道這件事時，你知道我有多絕望嗎？玉依公主再次背叛了我們。」

禎壬握起的拳頭顫抖著。

他當然反對生下這孩子，但不是基於個人的感情。

已經放棄人類身分的玉依公主，必須傾注全力才能生下孩子。

是身為聆聽神旨的容器而擁有的力量，支撐著她活過了漫長歲月。

若要生孩子，她的力量就會消失，不再是神之容器，只能活在一般人類的時光裡。

她早在很久以前就該結束的壽命能持續到什麼時候，誰也不知道。

然而，玉依公主還是決定保住腹中的孩子。

不管面對怎麼樣的譴責、批判，她還是以日漸虛弱的力量換來逐漸成長的生命。為了孕育這個生命，嚴重耗損了她的體力。

禎壬再也看不下去，他去請示天御中主神，這孩子該生還是不該生？

神沒有回答，禎壬沒有聽到答案。

大受打擊的禎壬認為是玉依公主的行為背叛了神。

所以神才沒有回應。

對玉依公主的憤怒，瞬間轉向了腹中的孩子。

那孩子是玉依公主背叛度會氏族的象徵。那條生命本身就是罪孽。寄宿在玉依公主的肚子裡、在那裡孕育生命，就是罪孽。

沒多久後，玉依公主生下了女嬰。

「那就是……」

守直茫然地看著齋。

女孩緊緊抿著嘴唇，沒有回答。

守直顫抖地彎下膝蓋，把手伸向齋。

「妳是我跟公主的……」

就在守直的手快碰到齋的臉頰時，齋往後退了一步，瘦弱的肩膀顫抖著。

禎壬嘲笑似的接著說：「沒錯，你們的罪證就在這裡。齋啊，替背負罪孽的妳取名為『齋』的人，就是玉依公主，她把自己犯的罪都藏在那個名字裡。」

齋閉上眼睛，咬住嘴唇。

「……我知道，」她顫抖著嘴唇，抬起頭大叫：「要不然她怎麼忘得了……！」

到底是怎麼回事？守直倒抽了一口氣。

齋看著玉依公主。守直也像被催促般，跟著把視線轉向玉依公主。

玉依公主看都不看他們兩人，直盯著半空中。

看著這光景的禎壬，表情忽然扭曲了。

「不只是你們，玉依公主把我們度會氏族也全都忘了……」氣勢銳減的禎壬沮喪地垂下頭說：「從五年前開始，玉依公主的時間就靜止了。因為生下齋時，用光了她所有的力量，所以……」

所有人都屏住了氣息，只有齋緩緩地開口說：

「只要有我在身邊，公主就會逐漸失去力量。」

她注視著玉依公主的眼眸是那麼清澈——注視著不看自己、也不記得自己的玉依公主。

五年前，齋失去了灌注在她身上所有的愛。

齋五歲時，禎壬認為再也無法對其他神職隱瞞她的事，打算把齋送出島外。

但是還沒付諸行動，玉依公主就病倒了。

聽說公主是發現禎壬要把齋帶走，從祭殿大廳趕回神宮後，就在阿曇面前突然昏倒了。

禎壬聽到喧嚷聲，只好帶著齋去祭殿大廳。

玉依公主醒來時，看到緊緊抱住自己的齋，疑惑地歪著頭問：「阿曇，這孩子是誰？」

為什麼舉行祭神儀式的地方會有小孩子呢？

齋從玉依公主的記憶中消失了。

茫然佇立的齋無法理解發生了什麼事。益荒和阿曇也愣住了，不知道該怎麼辦才好。

這時候，神的聲音在他們心中響起。

——讓這孩子當物忌。

女孩成為執行祭神儀式的物忌，待在這裡就不奇怪了，而且，也可以向度會族人說她是神派來的物忌，這樣就不必隱瞞她的存在了。

神透過益荒傳達的話，更重重打擊了禎壬。

為什麼神要讓可說是罪證的孩子留在這座島上呢？

禎壬知道，齋聽不見神的聲音，也不曾展現過足以執行祭神儀式的能力。

然而，他不得不聽從神的指示。

他向神宮的神職們公佈了齋的存在，說她是輔佐玉依公主的物忌。

既然是神派來的女孩，大家就沒有深入追究她的來歷了。

但是，從那時候開始，玉依公主的祈禱就無法傳達給神了。

她聆聽神明聲音的力量也逐漸減弱，光請示小小的神諭都要花很長的時間。度會的神職們開始竊竊私語。大家都說齋出現後，玉依公主就失去了力量。

禎壬沒有否認，因為事實就是如此。

齋看著玉依公主，伸出了手。

「公主現在還是神的容器。」

齋說著，微微一笑，是很悲哀的笑容。

「現在讓她變回人類的話，她就可以再投胎轉世為人。」

五年前，齋還叫玉依公主「母親」。

現在，她的存在已經從玉依公主的記憶中消失了。公主不記得自己生過孩子、不記得齋的存在，她只是個派不上用場的無能物忌。
儘管如此，只要能待在公主身旁，就近看著公主，她就滿足了。
然而，神官們開始竊竊私語，說有她在，玉依公主的力量就會逐漸消失，說她是一切的元兇，是她縮減了玉依公主的生命。
所以，她才想讓公主變回人。身為神的容器，一旦毀壞，就不能再回來了。但是變回了人，總有一天可以投胎轉世，說不定還可以與被拆散的人重逢。
齋向神祈禱，願意背負所有的罪名，願意承受所有責難。背負了這麼多的罪名，不能再投胎轉世也是理所當然的事。
齋知道自己的罪行。
那就是剝奪了玉依公主的力量，還有，自己的誕生縮減了玉依公主的生命。
齋移動視線，看到重則佩帶在腰間的大刀。
她衝上前去。沒人預料到她會這麼做，都來不及反應。
她搶走了大刀，轉身跑向玉依公主。
「齋……！」一直保持沉默的昌親大叫。
齋只遲疑了一下，卻沒停下腳步。
玉依公主文風不動。

禎壬等人呆呆佇立著。

握在手裡的刀柄是冰冷的，齋咬緊牙關往前衝。

這時候，一個身影滑進她眼前，撥開她揮起的大刀，緊緊抱住了她。

大刀發出聲響滾落地面，齋顯得一臉茫然。

「不……」守直緊緊抱著齋，彎下腰說：「妳不是罪孽，妳怎麼會是罪孽呢……」

守直再也說不下去了，他緊緊摟著齋，肩膀劇烈地顫抖著。

齋的眼睛連眨都忘了眨，視線漫無目標地在半空中飄移。

看到昌親，她想起他曾經仔細地幫自己撥掉頭髮上的灰燼。

當時她默默想著，如果自己有父親的話，應該就是像他那樣。

齋拚命想掙脫守直的擁抱。

這個男人就是玉依公主愛過的人，就是自己的父親。

怯怯地注視著守直的齋，看到了守直背後的玉依公主，還有就要衝向公主的金龍。

齋張大了眼睛。

風颼颼颳起。

被阿曇築起的保護牆阻擋在外面的金龍，張大嘴巴往前衝了。

齋的眼角餘光掃到阿曇被擊倒，太陰似乎也被擊落了。

突破了保護牆的金龍，就要對長久困住自己的玉依公主展開報復了。

齋發出了悲鳴。

「公主……！」

她拚命伸長了手。

玉依公主聽見咆哮聲，緩緩轉過頭，看到金龍，張大了眼睛。

金龍放射出來的波動襲向所有人。

風音及時築起結界，守住了脩子和昌親。

度會族人們都被拋飛出去，跌個四腳朝天。

守直勉強撐住了，但是傷口受到衝擊又裂開了，他雙膝著地，再也站不起來。

就在金龍的牙齒逼近眼前的瞬間，玉依公主轉身看著齋。

然後，她伸出雙手抱住了齋。

瞠目結舌的齋跟玉依公主一起倒了下來，龍爪深深削過公主的背。

「公主……」

沒有抓到公主的金龍，一個大迴旋，又折回來了。

風音結著刀印，高高舉起了右手。

「此聲乃神之聲，此息乃神之息，此手乃神之御手……！」

好不容易重新振作的太陰屏住了氣息，她知道那是結界咒語。

隨著清澄的聲音響起，將人與金龍隔開的結界就完成了。憤怒的金龍一再用身體衝撞，但結界堅如磐石，牢不可破。

阿曇搖搖晃晃地站起來，東倒西歪地跑向躺在地上動也不動的玉依公主。

「公主！玉依公主！」

從玉依公主懷裡爬出來的齋，茫然地看著守直抱住玉依公主。

守直面無血色地叫喚著玉依公主。

「公主、公主，請妳張開眼睛……」

背上被龍爪削過的傷已經無法挽救了。流出來的鮮血逐漸染紅衣服，沿著垂下的手臂滴下來。

虛弱地閉著眼睛的玉依公主，眼皮抖動起來。

「公主……」

守直鬆口氣，濕了眼眶。

緩緩張開眼睛的玉依公主，視線飄忽一會後，焦點落在守直身上。

「啊……」她的臉上有了表情，淡淡笑著說：「守直……」

守直張大了眼睛。

應該已經忘記一切的玉依公主，竟然叫著守直的名字。

禎壬和重則也大為驚愕。

潮彌也張口結舌地看著這一幕。

看見玉依公主帶著微笑的臉龐，潮彌忽然覺得好懷念。

沒錯，那就是他十年前見到的，自天而降的女神容顏。

玉依公主的肌膚逐漸失去血色，她展露夢幻似的微笑，溫柔地撫摸守直的臉頰，完全沒察覺自己的指尖已經被鮮血染紅了。

「守直……我好想你……」

淚水從她微瞇的眼睛滑落下來，這是她十年前與守直訣別後，第一次落下的淚水。

守直握住公主沾滿鮮血的手，不停地點著頭。

他多麼想見到公主，但被益荒他們攔住了。他們說，玉依公主不希望見他身陷險境。

如果知道這一切，不管他們再怎麼阻攔，他也會排除萬難來找她。

「公主，我們終於相見了。」

公主輕輕地點著頭，笑得更燦爛了。

「有件事我要告訴你……」

「什麼事？公主。」

守直微笑著，淚水在眼眶裡打轉。

啊，沒時間了，好不容易再次擁抱公主，卻沒剩多少時間了。

齋默默看著他們，發現她完全無法介入。

玉依公主心中已經沒有她的存在，既然如此，就讓公主沉浸在與最愛的人的最後重逢中，享受幸福的感覺吧！

昌親發現抹去表情的齋，緊握的拳頭顫抖著。脩子抓著他的衣服，看著齋的背影，整張臉扭成了一團。

齋的背影正在吶喊，無聲地死命吶喊，但絕不說出口。

不為誰，為的只是明知會背負罪行卻還生下自己的母親。

在齋從母親心中消失之前，母親給了她無與倫比的愛。

這些齋都還記得，所以即使母親心裡不再有她，她也能夠再振作起來。

齋的心有很深的傷口，但記憶中的溫馨，讓她不至於被那樣的創傷擊潰，所以她才能活到現在。

因為她都還記得。

玉依公主看著守直，聲音嘶啞地說：「我……生下了孩子……」

「……唔……」

齋倒抽了一口氣，然而，公主還是看都沒看她一眼。

「是個……健康的女孩……我替她取名為齋……」

齋知道這個名字的意義。

因為是罪孽之子，所以取名為「無罪者」，希望去除她的罪孽。

「齋……好名字。」

守直點點頭。玉依公主幸福地瞇起眼睛說：

「是主人……賜給我的……祂說這孩子是無罪的光芒之子……」

齋的眼眸震盪搖曳。

遺忘是因為不重要吧？

可能是，應該是，但這些都無所謂。

縱使母親心中絲毫沒有自己的存在——

「……」

茫然佇立的齋落下淚來。

她跨出蹣跚的步履，卻站不穩而跌倒在地，手撐著地面，爬向玉依公主。

「守直……」眼皮微微抖動的玉依公主凝視著守直，蠕動嘴唇說：「齋就……拜託你了……」

齋把手伸向了玉依公主。
然而，手指還沒碰到，玉依公主的眼皮就垂下來了，淚水從她眼角滑落。
直到最後，公主還是沒有看齋一眼。
齋的手指終於碰到靜止不動的手臂了。
「母……親……」
玉依公主還沒變回人就斷氣了。
守直擁抱著遺體，低聲哭泣著。無力下垂的手指還有體溫。
齋緊緊抱住母親，放聲大哭，淚如泉湧，像抽搐般又哭又叫。
哭得抽抽噎噎時，齋發現淡淡的磷光包圍了玉依公主。
守直也茫然地看著磷光。
齋仰天吶喊：「神啊！我的主人，請不要帶走她……！」
然而，神沒有實現齋的願望。
玉依公主為了生下人類之子，放棄了「神之容器」的身分。這樣的她，正連同遺體一起逐漸消失。
「公主……」
齋癱坐下來。

自己的願望沒能完成。

阿曇慢慢地走向垂頭喪氣的齋，齋緊緊抱住了她。

在一片寂靜當中，度會潮彌開口了。

「玉依公主已經不在了。」

所有人的視線都集中在他身上，他的眼眸燃燒著怒火，視線射穿了齋。

「公主都是為了保護妳……保護沒有任何力量的妳……！」

再也聽不見神的聲音了，祈禱與願望也都無法傳達給神了。

齋淚流滿面地站起來。

「不，我們可以聽到神的聲音。」她毅然指著脩子說：「我們是做不到，但內親王是天照大御神的靈魂分身，只要由她祈禱，就一定能傳達給神。」

「很難說吧？就算內親王有那樣的力量，只要妳待在這裡，她的力量就會跟玉依公主一樣被妳奪走。」

齋臉色發青，啞然無言。

她也害怕自己，不敢說絕對不會發生那種事。

是一句懷疑的話打破了緊繃的空氣。

「沒有力量？怎麼會呢？」

齋和潮彌同時轉移視線，說話的是剛才一直陪在脩子身旁保護她的昌親。

「昌親大人？」

風音訝異地看著他。

昌親把脩子交給風音，走到齋的身旁，蹲下來說：「妳不是看得到我和昌浩心裡的創傷嗎？而且，妳還救了昌浩，完全沒有力量的人是做不到這種事的。」

齋未置可否，顯得有些困惑。

「可、可是，我……」

潮彌打斷她的話，激動地說：「那女孩不可能有力量！她能看到那種東西，純粹只是仰賴她從玉依公主身上奪走的力量！」

正當他還要繼續說下去時，被阿曇怒火燃燒的雙眸震住了。

受到衝擊而站不穩的潮彌雙腳跪了下來。

阿曇低聲咒罵：

「住口！潮彌，你奪走了玉依公主與守直的幸福，我可不會對你手下留情。」

她的雙眸炯炯發亮，瞥了年幼的主人一眼。

「齋小姐的確有力量，但是，被你們度會氏族封鎖了！」

齋驚訝地說不出話來，潮彌也茫然地望著阿曇。

阿曇心有不甘地扭曲著臉說：「你們老是這樣詛咒齋，把她的心傷得千瘡百孔，害她飽受罪惡感的折磨。是你們把她變無能的，你們卻都沒有察覺！」

「阿曇？」

齋茫然地站著，阿曇在她面前蹲下來，握起她的手說：

「啊……原諒我，因為沒有得到主人的允許，所以我一直沒告訴妳。」

阿曇和益荒知道所有一切，但礙於神的旨意，不能說出來。

「天御中主神希望度會族人們可以自己察覺，然而，他們違背了神的期望，還是不停地詛咒齋。」

因為都沒有人察覺，所以散發出來的邪念才會纏繞地御柱、擾亂地脈，甚至影響到上天。

度會禎壬和重則都像被阿曇的話重重摑了一巴掌。

「怎麼可能」的想法開始蔓延，強烈的動盪襲向了他們。

彷彿與此相應和似的，突然響起了地鳴聲，地面開始震動。

仔細一看，三柱鳥居正劇烈晃動著。

海面波濤起伏，白浪滔滔，水花四濺，像颳起了暴風。

在鳥居裡蠢動的金龍們看不到玉依公主，顯得心浮氣躁，邊咆哮邊扭動身體，沒多久後，把目標轉移到齋身上。

好幾對眼睛盯著因事出突然而驚慌失措的齋。不只如此，那些熊熊燃燒的目光，也盯住了脩子。

被這些視線貫穿的脩子，嚇得緊緊抓住了風音。

風音將脩子藏在身後以避開金龍群的視線，同時抬頭往上看。

唯一從鳥居的牢籠逃脫出來的金龍，正從上方俯瞰著被風音的結界守護著的一群人。

這隻金龍試圖找到破綻，摧毀結界，殺了可能代替玉依公主的女孩們。

但是，在鳥居裡蠢動的數隻金龍突然轉向鳥居下方，衝下被波浪蓋住看不見的地方。

被留下來的金龍憤怒地咆哮著。

究竟發生了什麼事？

太陰凝視著三柱鳥居，看到有火柱從下方噴上來，瞪大了眼睛。

「那是……」

啞然無言的太陰完全猜中了。

驚訝的昌親用搞不清楚狀況的困惑語氣說：「騰蛇在燒什麼啊？」

太陰一時語塞，做個深呼吸後才回他說：「不知道……那應該是騰蛇的火焰沒錯吧？」

她注視著鳥居，看著火柱逐漸消失。

「昌浩在裡面嗎？」

「不只昌浩。」阿曇走到太陰身旁，瞥了一眼飛來飛去的金龍，又接著說：「那座鳥居的底下深處，聳立著支撐這個國家的地御柱。為了制止氣脈的暴衝，恐怕益荒也一起下去了。」

她剛回到這裡時，就看到益荒在鳥居的牢籠裡。益荒見她回來，立刻轉身往地御柱衝下去了。

光靠益荒，恐怕很難對付那麼多的金龍。但是多了操縱火焰的神將，說不定可以壓得住。

不過，恐怕也支撐不了多久。現在少了玉依公主的祈禱，國之常立神完全沒辦法解脫痛苦。

只要根源之神「天御中主神」降下力量，就可以鎮壓龍脈。

只要削弱神氣的雨不再下，天空放晴，天照大御神的神威可以充滿大地，龍脈的暴動就不會繼續增強了。

彷彿中了什麼邪般，神氣被雨削弱了，氣脈也跟著暴衝。

原本緊緊抓著風音的脩子忽然抬起頭，眨眨眼睛，看看四周，就從風音身旁走開了。

「脩子公主？」

脩子走到齋的面前，直視著眼睛位置比自己高一些的女孩。

「內親王，怎麼了？」

「我想……」脩子偏起頭，像是在思索該怎麼說。「妳應該是害怕，所以做不到。又認為自己做不到，所以更做不到。」

齋驚訝地看著脩子。

「妳怎麼會……這麼想……」

脩子搖搖頭說：「不知道……可是，就是這樣。」

忽然，脩子的表情有了變化。才五歲的女孩，表情竟然無比成熟。

「妳……聽得到我的聲音，只是妳自己不相信。」

說完這句話，脩子就恢復了原有的表情，莫名其妙地環視四周。

地鳴聲更加劇烈了。齋和脩子都沒站穩，差點跌倒，阿曇和風音趕緊抓住了她們。

脩子剛才瞬間出現的表情，風音很熟悉，那當然不是脩子的表情。

那是統治高天原的太陽神的表情。

「是天照大御神……因為脩子公主是祂的後裔。」

所以她可說是天照大御神的靈魂分身。也就是說，脩子體內的天照大御神顯示了給齋的神諭。

很不巧，這裡沒有「審神者」。度會族人們的心蒙上了陰影，風音又不清楚昌親擁有多大的能力。

對道反大神的女兒風音而言，天神全都是親戚，尤其是伊奘諾尊與伊奘冉尊生下的神，等於是道反大神的兄弟姊妹。就這種關係來看，天照大御神算是她的姑姑。

風音對齋說：

「天照大御神特地來告訴妳，妳擁有那樣的力量。難道妳不相信神的話？」

齋抬頭看著阿曇。

自她出生以來就照顧她、保護她到現在的神之使者堅決地點著頭。

緊繃著臉的齋緩緩地開口說：

「我……該怎麼做……」

說到這裡，她張大眼睛望著前方。

玉依公主總是端坐在那裡，每天面向三柱鳥居祈禱，在那裡傾聽神的聲音、懇請神賜予力量，或以自己的身體為容器，恭請神降臨。

齋全身發抖，不知道自己做不做得到。

見齋如此懷疑自己，倏子握起了她的手。

「放心，我幫妳。」

齋眨了眨眼睛，五歲的內親王笑著對她說：

「我來就是為了這件事啊！」

金龍大聲咆哮，彷彿在嘲笑脩子說的話。

太陰抬頭看著龍，握起了拳頭。

「那傢伙太礙事了……」

飄浮在半空中的她對風音說：

「先解除結界一下，讓我出去擊垮它。」

「太陰？」

風音有些遲疑。太陰挑起眉毛說：

「我看到它就氣啊！是它殺了玉依公主……」

忽然，阿曇靠過來說：

「這個仇由我來報——我要替玉依公主報仇。」

阿曇的雙眸閃過一道厲光。

11

昌浩潛入了三柱鳥居底下深處的地御柱根部，發現纏繞表面的繩子更粗了。

可見邪念更強烈了，再不趕快剷除，柱子就會碎裂。

咆哮聲隆隆響起，昌浩赫然抬起頭，看到急速往下衝的金龍群直撲自己而來。

他正要結手印迎擊時，聽到一聲怒吼。

「你管柱子就好！」

紅蓮邊將直撲而來的金龍一刀兩斷，邊對著昌浩大叫。

「咦？可是……」

數量太多了。這麼多隻金龍，就算是十二神將中最強悍的他也應付不來吧？

昌浩的憂慮很快就被紅蓮消除了。

「不要小看我，而且，不只我一個。」

紅蓮把視線轉移到益荒身上。

昌浩眨了眨眼睛。益荒釋放出來的通天力量，強烈到足以跟十二神將中最強的紅蓮匹敵，可說是不相上下。

天御中主神是全世界的根源之神。益荒既是祂的使者，當然也是來自於根源。

雖然不是神，但擁有龐大的力量。

若與根源之神的使者相抗衡，是紅蓮比較厲害呢？還是來自異國，力量不輸給十二神將的益荒呢？

這種事怎麼想也想不出答案。

昌浩怕又被紅蓮嘶吼，轉向了柱子。

在切斷黑繩、斬斷邪念，讓柱子恢復原狀之前，要先將一切淨化。

地鳴聲不絕於耳，這是國之常立神的哀號。祂因為受不了痛苦而發出慘叫聲，因為痛苦掙扎而引發地震。逆流的地脈吸收了邪念，化身為金龍。

連遙遠的京城都有金龍出沒，可見國之常立神已經被逼入絕境了。

再不阻止這場雨的話，昌浩所愛的人們居住的這個國家就會滅亡。

遺忘了根源之神的人們，心中的光芒正一點一點流失。然而，神並沒有完全從他們心中消失。

即使不知道名稱、不知道那就是神，然而，人們所追求的光芒就是神，也就是生命的燈火。

昌浩看到墜落黑暗而成了魔鬼的人們。

無數的黑影躲藏在柱子的陰暗處。

為了阻止昌浩，這些黑影逐漸浮現了。

就是這些心靈受到創傷的人們釋放出來的邪念，纏繞著柱子。

在這些陌生的面孔中，有度會、重則，還有潮彌。昌浩很替他們難過。

保護海津見宮、保護玉依公主至今的度會氏族，因為恨齋而招來黑暗，蒙蔽了他們的心。

他們都是侍奉神明的人，應該都期望國家能夠祥和、安寧。

正如玉依公主所說，人類是脆弱的，昌浩也親身體驗過。

因此，很容易誤入歧途，就那樣愈陷愈深，再也無法自拔。

「切斷繩子也沒有用。」

必須先將釋放邪念的度會族人們從黑暗中救出來，然後再切斷柱子上的繩子，讓柱子重獲自由。

金龍的咆哮聲震響。逐漸逼近的金龍，盯上了昌浩。

然而，昌浩一點都不驚慌。

因為他知道，迸發而出的這兩道神氣有多值得信賴。

金龍是地脈的暴衝，源自於國之常立神本身。要解放地御柱，金龍才會完全消失。

使用不熟悉的武器，讓紅蓮咂舌抱怨。

怎麼砍都砍不完。他將毫無約束的鬥氣轉變成土氣攻擊金龍，或用灌入刀內的通天力量將金龍砍成兩半，或用神氣把撲上來的金龍拋飛出去。

「喝……！」

他吆喝著揮下武器，將神氣具象化所呈現的大刀砍斷了金龍。

重新整頓態勢的紅蓮自言自語地說：

「她大概沒想到武器會被拿來這樣用吧。」

不知道待在異界的她怎麼樣了？還很激動嗎？已過了這麼多天，多少平靜下來了吧？

一時分心，注意力不集中。

金龍的血盆大口立刻乘機從旁進攻。

紅蓮反射性地轉過身時，益荒已經滑進了他與金龍之間。

掄拳揮下，迸放的神氣便貫穿金龍的腦門，把頭打得凹陷扁塌爆開來。碎裂的龍頭像下起金雨般，四處飛散。

益荒的神氣還延伸到又長又大的龍身，把龍身也炸得粉碎，發出巨響。

纏繞在紅蓮手上的絹布被暴風所煽動，金色碎片也打在他臉上。

紅蓮不高興地皺起眉頭。益荒若無其事地看著他，粗暴地說：

「不要成為我的負擔嘛！」

紅蓮瞇起了眼睛。

益荒往柱子上方看，眉頭微皺，想起玉依公主和阿曇。

這時候，從柱子陰暗處迸出光芒，又有新的龍冒出來了。

心正向著祭殿大廳的益荒沒看到新成形的龍。

金龍悄悄地扭動身軀，朝益荒飛撲過來。

紅蓮看都沒看它一眼，輕鬆自若地放出神氣迎擊。灼熱的煉獄捲起漩渦，衝入了金龍大張的嘴巴，火焰瞬間蔓延燃燒龍身，先燒毀龍體內側，再往外噴射。從狂亂氣脈衍生出來的無數金龍都被淒厲的神氣擊潰，在金光四射中逐漸粉碎瓦解。慘烈的咆哮聲如波浪般擴散，與柱子引發的地鳴聲交雜，形成陰森恐怖的嘶吼。

灼熱的風拍打著益荒的背部。

驚訝的益荒眼睛微張，扭過頭看。紅蓮從他身旁走過，放話說：

「我把你剛才說的話，原封不動地奉還給你。」

益荒的視線射穿紅蓮，但沒說任何話。兩人背對背，繼續迎戰再度發動攻擊的無數金龍。

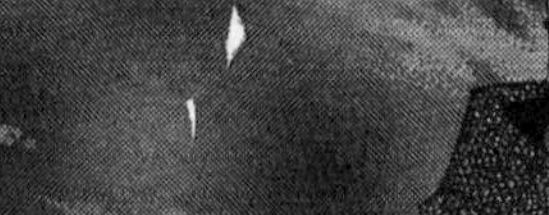

咆哮聲隆隆。好幾對金色眼睛瞪著殺死同伴的兩個仇敵，還有在他們保護下的小個子男孩。

紅蓮與益荒同時躍起，擺出陣式，以瞪著柱子的昌浩為中心。

紅蓮抬頭看著狂暴的金龍，露出淺笑。

他只要把注意力集中在前面與側面，不必擔心身後。

作戰時，經常是由力量最強的他全面負責，偶爾像這樣的戰況也不錯。

益荒的心情也一樣。儘管嘴巴吐不出好話，但其實有點開心。

不過，時間如果拖得太長，想法又會不一樣吧！

層層的咆哮聲震耳欲聾，無數的金龍跳出柱子，同時飛撲過來。

神氣迸發，捲起強烈漩渦。被拋飛和彈飛出去的龍用力扭動身軀，憤怒的吼叫聲回音繚繞著。現場充斥著狂亂的氣脈。

兩人同時看了昌浩一眼。

昌浩正與度會氏族的黑影對峙中。

那些都不是他們本人，而是他們與黑暗相連接的部分，獨自採取了行動。

黑影一個接一個從地御柱爬出來，逼向昌浩。

度會潮彌靠近了。充滿厭惡與憎恨的雙眼之中沒有眼珠子，一片漆黑。

其他人也一樣。釋放出來的負面意念以度會禎壬最為強烈。昌浩並不知道，禎壬對玉依公主的背叛深感絕望。

黑影的濃度分分秒秒遽增，那些人的心也逐漸被黑暗所吞噬，「人性」就快完全消失了。

這就是冥府官吏所說的「魔鬼」。魔鬼與黑暗相通，一直通到冥府深處無邊無際的黑暗之中。

可以看到漆黑的手臂正要把他們統統拖下去。枯枝般的手伸得長長的，就快抓到那些黑影的腳了。

昌浩覺得很眼熟，酷似黃泉之鬼的手。

地御柱支撐著國土。

這裡很接近黃泉之國、地底之國，而且說不定是最靠近的地方。

地鳴像埋天怨地的謾罵般轟隆作響。傳到腳底的震動之中，夾雜著可怕的波動。

非鎮壓和淨化此地不可，首先就要除去給予那些黑影力量的東西，還有那隻怪異變形的手。

昌浩後退一步與度會氏族的黑影拉開了距離，接著雙腳張開站穩，擊掌合十膜拜。

掌聲高響兩次，都被轟隆隆的地鳴聲掩蓋，但不造成妨礙。

昌浩吸口氣，放聲吶喊。

喊出口的是言靈。強而有力的詠唱在黑暗中繚繞回響著。

「掛介麻久母畏伎，伊邪那岐大神……」

這是驅除萬惡的祝詞。凡是美麗的言靈中，都存在著神明。

步步逼近的度會潮彌停下了腳步，就要掐入赤腳肌膚的魔爪也不動了。

「筑紫乃日向乃橘小戶乃阿波岐原爾……」

不只潮彌，其他度會族人也都停下了腳步，滿臉驚懼地往後退。

無數隻手痛苦不堪地蜷曲僵硬，戰慄著沒入地底。

「諸乃罪穢有良牟乎婆……」

黑影們彎起身體，痛苦掙扎，邊流淚邊喘著氣。

沒多久，開始從他們的身體冒出黑煙。吱吱作響的黑煙消散後，身體逐漸變得清澈透明。

「天津神國津神，八百萬神等共爾，諸諸聞食世登，畏美畏美母白須……！」

變得完全透明後，度會族人們的表情也轉為祥和。閉上眼睛的潮彌咻地消失了蹤影。

禎壬、重則等其他人，也都在光亮中逐漸化開、消失了。

昌浩鬆口氣，抬頭看著柱子。

地鳴聲依然作響，地面還不時發生震動。金龍沒有在昌浩周遭出現，是因為都被紅蓮和益荒擊潰了。

「把那些繩子……」

才剛開口，昌浩就感受到一陣衝擊。

無法形容的感覺在胸口擴散。還搞不清楚怎麼回事，一股激動的感情已經湧上心頭。

眼角發熱，視線忽然變得模糊。

「怎麼會這樣？」

昌浩慌忙擦拭奪眶而出的淚水，環視周遭。

不知被什麼觸動的情感震撼了昌浩。

——我再也沒有機會這樣跟你交談了……

夢中聽見的玉依公主的聲音，乍然在耳邊響起。

昌浩張大眼睛，抬頭往上看。

應該正在祈禱的玉依公主，完全失去了氣息。

「……」

昌浩強忍住悲傷，甩甩頭。

是她拯救了深受創傷、迷失方向的昌浩。當昌浩痛苦掙扎，在心底又哭又叫時，是她讓昌浩見到了祖父的摯友。

現在，她已經走了。

其實，玉依公主是希望昌浩能解放柱子，並拯救所有服侍自己的度會族人吧？

如今已經無法確認了，但昌浩這麼認為。

只要國家的柱腳基石──地御柱得到解放，地震就會平息，雨也會停止。

昌浩打起手印，深深吸氣。

蠕動的黑繩窸窸窣窣波動著。緊緊勒住柱子的邪念開始瘋狂逞暴，試圖消弭言靈的力量。

黑繩膨脹擴張，像蛇般扭動。金龍的狂哮聲驚天動地。

昌浩感覺到金龍憤怒的視線，同時也感覺到兩股刀刃般嚴厲尖銳的神氣阻擋著它們。

沒關係，自己只要把注意力集中在地御柱就行了。

玉依公主、岦齋的面孔閃過腦海。

一定要做給他們看！

高漲的靈力包覆昌浩全身，綻放著淡淡的磷光。

「恭請奉迎……！」

地御柱強烈抖動，彷彿與昌浩相呼應。

「坐鎮於此之國家礎石，自神治時代守護八大洲至今，至尊至貴，無以取代之身呀！」

可以感覺到被封鎖的氣脈正在抗拒束縛，逆流而上。

覆蓋住地御柱的邪念紛亂擾攘。從柱子溢出來的大地氣脈與之前迥然不同，成為清爽的波動，開始剝除邪念。

「在於天之天御中主神。」

神名是擁有強大力量的神咒。尤其是根源之神的名字，更擁有世上最強大的力量。

繩子被柱子迸發出來的波動剝除，在光芒中燒成了灰燼。

地鳴與震動被神氣鎮壓，驅逐到地底深處。

昌浩深深吸了一大口氣。

名字是最短的咒語，而這裡又是言靈擁有好幾倍力量的神域。

「在於地，在於底，支撐國家之國之常立神——！」

就在詠唱響起的同時，地御柱綻放出了璀璨的光芒。

齋站在祭殿大廳面向三柱鳥居的地方。

脩子站在她身旁。

兩人依偎著，全神貫注地祈禱。

不放心地看著齋的阿曇，察覺了風音欲言又止的眼神，冷冷地開口說：

「妳想說什麼就說啊！」

風音苦笑著回答：「沒什麼，只是……」

之前，脩子與定子見面時，阿曇曾偷偷拭淚。因為阿曇都是給人壓迫脩子的冷酷感覺，所以風音當時大感驚訝。

聽風音提起這件事，阿曇沒有回應，又把視線拉回到齋身上。

風音本來就不期待阿曇回應，所以也沒有怪她的意思。

那時候的阿曇，應該是把脩子與定子看成了齋和玉依公主。

脩子五歲，正好是齋被玉依公主遺忘時的年齡。在那之前，玉依公主和齋一定是感情非常好的母女。

因為深愛著齋，玉依公主才會不顧長久以來服侍自己的人們所反對，生下了她。

而齋即使被遺忘，也還深深思慕著玉依公主。甚至不惜背負一切罪名，也要讓玉依公主變回人類之身。

阿曇忽然張大了眼睛。風音追逐她的視線，看到三柱鳥居綻放出光芒。

「是神……！」

阿曇叫出聲來，度會族人們搖搖晃晃地從她後面走過來。
他們都不相信齋有那樣的力量。
然而，跟玉依公主失去力量前一樣，神也顯示神威，回應了齋的祈禱。
潮彌的臉扭曲變形。
「那麼……那麼……」
是自己的憤怒、怨懟、憎恨，捆綁住齋的心，封住了她與生俱來的能力？
而且，聽說是服侍玉依公主的所有度會神職的意念覆蓋住地御柱，才招來了下個不停的雨。
受到強烈打擊的潮彌無力地跪了下來。
禎壬和重則的模樣，也像是剛驅走附體的邪靈。
看著這樣的變化，昌親不禁感到懷疑。
度會族人既是侍奉神明的神職，就不該會墜落黑暗。然而，他們卻與黑暗扯上了關係，這是為什麼？
他們為什麼這麼憎恨齋呢？
確實是有理由，但並未得到證實。僅僅只是他們的猜測、主觀認定，卻沒有人提出其他的想法。

每個人都毫不猶豫地把齋當成罪人，不停地詛咒她到現在，實在是很奇怪的一件事。若不是有人帶頭，應該不會演變成這樣吧？

昌親和小怪才見到她沒多久，就看出了她在某些方面的能力。從她出生就看著她長大的人，怎麼會沒發現呢？

那麼，究竟是誰帶頭的？

昌親疑惑地思索著，在他身旁的磯部守直畏光似的瞇起了眼睛。

他在齋的嬌小背影裡，看到了祈禱的玉依公主。

那是他十年來不曾遺忘過的身影，只要能再見一面，他死也甘心了。

玉依公主消失了，留下齋在他身旁。

然而，他還是覺得寂寞，怎麼也無法抹去失落感。

因有所失去而受傷的心，恐怕一輩子都無法痊癒了。

儘管如此，人還是不能停下來，必須繼續往前走。

活著就是這樣。

◇ ◇ ◇

昌浩待在東廂，仰頭望著天空。

聽說度會族人不會來這裡。

齋在祭殿大廳祈禱，益荒和阿曇守在她身後。

雲層好像一點一點散去了。雨勢還沒有減弱，但亮度似乎增強了。

「雨會停嗎……」昌浩喃喃說著。

小怪回他說：「會吧！不然我們就白忙一場了。」

「說得也是。」

昌浩淡淡一笑，接然轉移視線。

協助齋的脩子消耗了不少體力，正裹著外衣躺在風音的膝上。

把風音和守直乘風送回來的太陰，與金龍大戰也耗光了神氣。

因情勢所逼，她也跟阿曇一起迎戰了金龍，沒想到會陷入苦戰。

老實說，她一個人還真應付不來，很不想承認，但真的要慶幸有阿曇在。

現在，她也躺在脩子身旁，裹著外衣閉目養神。神將不太需要睡眠，但這樣休息一下還是可以恢復得比較快。

「對了……」

昌浩一開口，風音和昌親便都轉向了他。

「度會潮彌說他把齋推下了大海，我可以問她是怎麼獲救的嗎？」

昌親看看風音，徵詢她的意見。她點點頭，瞇起了眼睛。

「其實，是偶然……」

◇　◇　◇

風音和守直乘著太陰的風，在夜晚到達了海津島。

一行人靠神氣遮蔽雨水而降落時，撐到極限的守直已經再也動不了了。為了讓他休息，他們暫時先躲在樹蔭下。

正打算在天亮前趕到海津見宮時，看到益荒陪著女孩往這裡來。

風音趕緊佈下結界，以免被發現，大家都屏氣凝神地窺伺著。

「他們不會發現這個結界吧？」太陰向風音確認。

風音以眼神回應說，除非有什麼意外，否則不可能發現。

「這是專門用來藏身的結界，跟一般的結界不一樣。」

結界有很多種，風音可以自由操作多種結界。太陰不禁想，昌浩應該多少向她學一點。

當然，昌浩不是不肯做，而是沒有那樣的知識與技術，所以做不來。

益荒跟女孩交談了一會，就先行離去了。

在烏雲的上方，天已經亮了。想盡快趕到海津見宮的太陰他們只能等著女孩離開。

這時候，來了一個年輕人。

他的情緒顯然不太穩定，風音小心翼翼地看著他，就在他把手伸向女孩那瞬間，風音轉向太陰說：「太陰，快到崖下！」

光這麼說，太陰就明白她的意思了。

太陰隱形衝出了結界。

幾乎就在同一時間，年輕人將女孩推落懸崖。太陰在千鈞一髮之際接住女孩，以迅雷不及掩耳的速度離開了現場。

年輕人望著海面，發出響亮的笑聲——

◇　◇　◇

「齋就這樣獲救了？」

昌浩鬆口氣，風音對他點點頭，撫摸著脩子的頭髮。

「齋被推落時受到驚嚇而昏過去了。我們照顧她直到她清醒，阿曇就來了。」

一時之間，氣氛變得很僵，幸虧齋醒來，才避開了不必要的戰鬥。

阿曇帶他們去跟昌親會合，風音才能與脩子平安重逢。

倒是帶路的嵬往返於島與鈴鹿之間，耗盡了體力，到達海津島時就陷入了昏睡狀態。

它一直睡在這個房間，現在被脩子抱在懷裡。

風音抬頭看著還下個不停的雨，神情憂慮。

「脩子公主說她要留在這裡，直到雨停，氣脈恢復正常。」

昌浩低低「咦」了一聲，望向熟睡的脩子。

風音撫摸著脩子的手。

「天照大御神的神詔有一半是錯的。但是，把公主叫來當依附體是真的，所以她認為還需要她時，她必須待在這裡。」

其實她應該很想馬上回京城見母親的，然而不知是體內的使命感還是天照大御神的靈魂分身，把她留在這裡。

守直在其他房間休息，恐怕要等傷勢復元才能離開。而且，剛剛才知道有個繼承自己血脈的女兒，玉依公主又不在了，讓女兒一個人留在這裡，守直的心情想必很複雜。

然而，她是下一任玉依公主，不能離開這座島嶼。

接下來要怎麼做，就看守直的決定了。

「我要跟脩子公主留下來，你幫我轉告六合，我會晚點回去。」

昌浩眨眨眼睛，「嗯」地點了點頭。

聽著雨聲好一會後，昌浩忽然站了起來。

「昌浩？」

昌浩看哥哥一眼，抱起小怪說：「我去齋那裡一下。」

「幹嘛拖我去？」

「有什麼關係。」

昌浩把半瞇起眼睛的小怪放在肩上，走出了房間。

下了石階，就是篝火通明的祭殿大廳。

原本玉依公主所坐的地方，現在是齋坐著。

發現昌浩來訪，阿曇起身招呼。

「怎麼了？」

聽到阿曇的聲音，齋轉過頭一看，張大了眼睛站起來。

「我想跟妳談談，可以嗎？」

昌浩放下小怪，歪著頭問。齋滿臉嚴肅地點點頭。

益荒和阿曇都知趣地消失了蹤影，小怪也半瞇著眼睛退到角落。

「小怪？你不會妨礙到我們談話啊！」

「少囉唆，談完了再叫我。」

小怪登登登離開了，昌浩看著它的背影，嘆了一口氣。轉向齋時，他發現齋直盯著小怪搖來晃去的尾巴。

「看起來好柔軟哦！等一下可以借我摸摸看嗎？」

齋眨眨眼看著昌浩，嘴唇抿成一條直線。

昌浩坐了下來。可能會談很久，所以他也請齋坐下來。

響起火焰爆裂的聲音，啪嘰啪嘰燃燒的火焰舞動著。

三柱鳥居靜靜地佇立著，底下的地御柱逐漸恢復了原有的氣脈流動。

「昌浩……」齋指著昌浩的胸口說：「那東西的主人也有創傷，不過沒你嚴重。」

齋指的是昌浩掛在脖子上的香包。

香包的主人是……

看到昌浩張大了眼睛，齋淡淡地說：

「她沒讓任何人知道，也沒人可以傾訴，獨自承受著……哭泣著。」

昌浩苦笑著說：「妳好厲害，什麼都知道。」

齋垂下了眼睛。

「我不知道自己是不是真的了解，反正就是看得見。」

「嗯，我想這一定是妳真正的力量，妳也聽得見神的聲音吧？」

「應該聽得見吧……」

齋沒什麼自信地垂著頭。昌浩小心翼翼地說：

「我一直覺得很難過……心想胸口為什麼會這麼沉重，後來連想都不願再想，儘可能把注意力轉移到其他地方。」

然而，疼痛與沉重還是追著他來，不管怎麼逃，都會被追上。

昌浩按著胸口說：「我這裡的傷口雖然癒合了，但還沒有完全消失，對吧？」

齋默默地點著頭。

昌浩瞇起眼睛說：「有人對我說，我今後還會面臨許多次的傷害、許多次的絕望。」

每次都會抵抗、掙扎，拚命往上爬。

「我在想……齋，妳說不定也是這樣。」

女孩眨眨眼睛，低聲說：「應該是。」

昌浩微微一笑。

「我就要回家了，往後有什麼事讓妳非常痛苦，不知如何是好時，都可以找我幫忙。」

齋訝異地盯著昌浩，害他不停地眨著眼睛。

「呃，因為妳幫過我……我想妳以後可能會很辛苦，所以希望能幫得上妳的忙。」

聽說他要提供協助，齋淡淡地回應：

「有餘力擔心別人，還不如先好好處理你自己的事。」

昌浩浮現難堪的表情。

「心靈的創傷，有些看起來微不足道，卻很容易被乘虛而入。」

連自己的心都看不清楚的人，如何救其他人呢？

昌浩默默垂下頭。齋說得沒錯，他完全沒辦法反駁。

「不過……你稍微可以面對自己了，多少算是有點進步。」

齋說起話來還是那麼狂傲，但聲音柔和多了。

昌浩抬起頭看著她，她微微一笑說：

「面對疼痛時會說疼痛的人，也許，我也可以說出自己的疼痛吧！」

12

雨勢好像忽然減弱了。天空變得明亮。

站在屋簷下望著天空的彰子，好久沒這樣披著大衣走出戶外了。

安倍晴明在垂水臨時住所的房裡，數著慢到教人心慌的時間。

隱形的神將六合驟然現身。

「怎麼了？六合。」

六合快速移動視線說：「有風。」

晴明立刻明白他指的是什麼。

東方天際逐漸明亮起來。側耳傾聽，便發現雨聲也逐漸緩和了。

晴明站了起來。

「雨快停了？」

連續下了好幾個月的雨就快停了。

風往下颳落，是驚人的強風，夾帶著雨水颳來，淋濕了晴明。

「唔……」

看到晴明苦著一張臉拍掉水滴，六合趕緊遞上手帕。

「不好意思。」

「不會。」

這時，太陰上氣不接下氣地飛進了屋內。

「晴明，我回來了！」

開朗的笑容燦爛得讓人睜不開眼。

晴明坐下來，眼神柔和地說：「回來了啊，太陰。」

從她的表情可以看出事情都圓滿解決了，晴明也鬆了口氣。

接著，好久沒見到的人出現了。

「爺爺，好久不見。」

昌親看起來有點疲憊，晴明趕緊讓他坐下來。

晴明顯然放鬆了心情。而在他身後，六合也悄悄地鬆了口氣。

回來的人當中，少了一個人的氣息。

黃褐色的雙眸浮現些許陰鬱。

白色小怪登登登走到他身旁說：「喲，好久不見。」

小怪舉起前腳問候，六合僅以眼神回應。

一屁股坐下來後，小怪甩甩耳朵說：

「有人叫我帶話給你，說她會跟公主留下來，晚點才回來。」

六合皺起眉頭，有聲勝無聲的眼眸似乎在催它講得更清楚一點。

小怪看著昌親，六合也把視線投向了他。

昌親從懷裡拿出包在油紙裡的信。

「爺爺，這是左大臣大人要我交給您的信。」

說真的，狀況一變再變，現在才把這封信交給晴明看，昌親實在不知道到底還有沒有意義，但是這畢竟是詔書，他還是得確實完成任務。

晴明接過信，視線四處飄移，像在探尋什麼。

「昌浩怎麼了？沒跟你在一起嗎？」

昌親展露笑容說：

「有，他跟我一起回來了。」

看看就要雨過天青的天際，昌親又沉著地接著說：

「他一回來，就跑去見他最思念的人了。」

雨勢明顯減弱了，用來遮雨的衣服沒有淋得太濕。再過沒多久，雨應該就會停了。

彰子走到樹蔭下，停下腳步。

她會來這裡，是因為接到神詔。

不知道脩子現在怎麼樣了。雨看似快停了，可見情況已經好轉。

風音、太陰和守直已經離開了很長一段時間。

她最擔心的是脩子是否平安無事。

「脩子公主……」

要保護一個人很難，真的很難。經過這趟旅程，彰子才知道要保護一個人，必須付出多大的勞力與氣力。

為了保護對方，自己得先採取行動。如果因害怕而逃走，重要的人或事物就會從手中溜走。

彰子閉起眼睛。

逃走的話，就掌握不住重要的東西。

不可以害怕，要勇敢去面對。

如果背對著心中的疼痛，就無法向前邁進。

若老是懷抱這樣的心情，不管再怎麼想見到他，都無法直視他熱情的眼眸。

害怕被討厭，害怕被看見自己體內的愚蠢、醜陋和膚淺。

拚命想遮掩，費盡心機，就會漸漸地從心底深處開始崩潰、傾毀。

然後，只能遮住眼睛、摀住耳朵，再也受不了地逃之夭夭。

彰子張開眼睛，看著亮得出奇的天空。

如果現在能見到他……

還是會害怕吧？但是，應該可以直視他的眼眸，不再逃避了。

希望能讓他看到自己真正的心，而不是裝出來的笑容。

彰子決定表明自己真正的心意。

儘管還是害怕會被討厭。

雨聲愈來愈微弱，雨滴也變小了，啊，說不定真的快停了——

彰子四處張望，看到樹林間站著一個人，倒抽了一口氣。

心跳加速。

她慢慢地拉回視線。

「……」

不可能，她想他不可能在這裡。他下落不明，大家都很擔心。

然而，他目不轉睛地看著彰子。

「彰……」

他跨出一步就停了。

靜止不動的眼眸，就跟那時候一樣。

心臟撲通撲通猛跳。

會不會跟那時候一樣，毫無反應地從自己身旁走過去呢？

難道要再嘗一次他心中沒有自己的恐怖滋味嗎？

彰子幾乎就要逃走了，但她努力讓自己留在原地。

風音跟她說過。

重要的不是對方怎麼想，而是自己想怎麼做。

即使他心中已經絲毫沒有自己的存在也無所謂。

只要自己打從心底想見到他，就算那裡沒有自己的存在，也可以從頭再來。

總有一天，他會再看著自己。

雨逐漸減弱了。

昌浩在啪答啪答從樹上落下的雨滴前，向她伸出了手。

「彰子……」

彰子屏住氣息，喉嚨顫抖著，很想說什麼，但發不出聲，說不出話。

視野變得迷濛，所有東西都模糊不清。

昌浩滿臉困惑，似乎在想該怎麼說才好。

「呃，對不起，這些日子以來，真的很對不起。」

彰子搖搖頭，淚水奪眶而出。

披在肩上的衣服滑落下來，彰子雙手掩面哭泣。

衣服掉在濕濕的草地上，發生啪沙聲響，濺起了雨水。

「我有很多想說的話，還有很多說不出來的話。」

彰子抬起了頭。

昌浩笑著，眼眸之中泛著好久不見的沉穩神色。

雨滴淌落下來。

「所以，來聊聊吧！我有很多很多話要告訴妳。」

彰子點點頭，一次又一次地默默點著頭，然後，她向昌浩跨出了一步。

好久不見的陽光從雲縫探出臉來。

在陽光照耀下，從樹間淌落的雨滴閃爍著鮮豔的彩虹顏色。

後記

我在京都的晴明神社找到了三枝一套的「驅邪除魔原子筆」，上面還畫著五芒星。寫起來非常順暢，所以我送給H部跟K藤各一枝。

回顧《少年陰陽師》，從「窮奇篇」、「風音篇」、「天狐篇」、「玕神篇」到這次的「玉依篇」，是第五個單元了。

想起來，真的走了好漫長的一段路。

這麼寫，很容易被誤會到此結束了嗎?!不、不，還早得很呢！這麼擔心的人不少。放心吧！不會的。

這本是少年陰陽師第二十五集⑤，也是玉依篇的完結篇。

玉依篇是以非同尋常的速度出版，所以一年就結束了。一年完成五本，可以說是「殺人進度」。連這種事都做到了，今後應該沒有什麼事是做不到的。

接著，我要公佈大家殷殷期盼的人氣排行榜了。

第一名，主角安倍昌浩。

第二名，十二神將之火將騰蛇。

第三名，十二神將之土將勾陣。

接下來依序是怪物小怪、六合、玄武、結城、太裳、朱雀、冥官、昌親、風音、青龍、彰子、益荒、ASAGI、太陰、爺爺、多由良、脩子、茂由良、年輕晴明、岦齋、汐、齋。

昌浩太強了，遙遙領先。一開始就拉開約莫五匹馬身長的距離，把大家甩得遠遠的。上一集陷入那種狀態，還能這樣，應該是因為主角的實力夠強吧！

紅蓮的表現也很不錯。這次最令人驚訝的是，幾乎沒出現卻緊咬第三名不放的勾陣，沒想到她會贏過小怪……可見萬綠叢中一點紅的鬥將擁有屹立不搖的人氣。

多由良、茂由良和汐也深受大家喜愛呢！讓我大感欣慰。關於冥官，請大家一定要看《篁破幻草子》系列⑥。如果書店沒有賣，也可以請書店幫忙訂購。

這本玉依篇的完結篇出版後，人氣排名會怎麼樣變動呢？或是會維持原狀？我很想知道呢！

各位的一票就可能會改變名次，所以我很期待大家的投票。

這個單元是經過全體同意，偏向較沉重、灰暗的內容。但是老實說，寫稿過程中並

不是太沉悶。

譬如，會有這樣的對話。

H：「紅蓮在打鬥場面使用的武器，妳打算怎麼寫？」

光：「就是神氣的具象化啊！」

H：「像星際大戰裡的光劍嗎？」

又譬如會有這樣的對話。

光：「我討厭寫這麼灰暗的情節！」

H：「那麼，為了讓新讀者容易進入情況，舊讀者也看得很開心，下一篇就寫一堆開朗、充滿躍動感和魄力的戰鬥場面吧！」

光：「還是要戰鬥場面嗎……」

或是這樣的對話。

光：「我正在煩惱書名要取《遙遠的彼端》還是《遙遠的時空》，妳覺得哪個比較好？」

H：「嗯，這個嘛，我覺得『彼端』會比『時空』好吧！而且老實說，已經在進行中了，要改也很困難。」

光：「妳早說嘛！」

如何？我們一點都不沉悶吧？

雖然玉依篇的出書速度很不尋常，但幸運的是，也因此看到了更多ASAGI老師的插畫。讀者的來信與ASAGI老師的插畫是我的心靈支柱，真的真的很感恩。

前責任編輯N川，以及與她交棒、陪我一起度過艱辛時光的H部，也是我要感謝的兩位責任編輯。

在成長的過程中，挫折是必要的；反過來說，有挫折才有趣味。

前幾天，我和朋友在三更半夜熱烈地討論，所謂真正的帥氣，往往出現在狼狽地克服最艱辛的階段之後。

希望下一集開始，可以把稍微有所成長的昌浩呈獻給大家。

在那之前，先告訴大家開心的消息。

各位，讓你們久等了。

《少年陰陽師》的劇情CD天狐篇第二卷「光之導引」，預定於二〇〇九年三月二十五日發行。詳細內容請參閱少年陰陽師官方網站http://seimeinomago.net（PC & Mobile通用）。

真的等很久了，終於可以聽到後續的劇情了。

讀者來信時也常問到：「不出了嗎？」還有人拜託我：「一定要出！」

丞按終於開口說話了，請盡情享受豪華大卡司！

我一心想，今年的進度一定要排得比去年鬆，可是冷靜一想，《少年陰陽師》、《The Beans》的晴明篇連載、偶數月發行的Beans A《拂曉誓約》漫畫原作，全部加起來，要花的心力好像比去年還多。還想寫寫看《拂曉誓約》的小說，我要加油啦！

下一集不是短篇集，而是新篇章的開始。

託大家的福，將會是很長的一個系列，所以我的目標是讓新人也可以從這裡看起的開朗、活潑內容！

各位覺得「玉依篇」怎麼樣呢？

來信跟我說昌浩最後一定要展露笑容的讀者們，這樣的結局是否符合你們的期待呢？請務必寫信告訴我。

寄信與賀年卡給我的讀者們，真的很謝謝你們。還有來自台灣和澳大利亞的信，讓我又驚又喜。

「玉依篇」寫的是心的創傷，所以在寫稿時總是覺得很難過、很難過，連接到的讀者來信，內容也都比平常沉重許多。

有人開頭就說：「其實，我……」道出了自己內心的傷痛。我一面心疼地看著信，一面想來信者是懷著怎麼樣的心情寫下了這封信。

實在沒有時間回信，希望可以用作品來回報大家。因為有你們，我才能繼續努力。

那麼，下一本書再見了。

結城光流

（因為「仕事人」以日劇的方式再度歸來，所以我馬上衝動地買了以前出版的DVD呢！）

小怪的陰陽講座

⑤若將外傳《歸天之翼》（中文版第十九集）算在內，就是第二十六集囉！

⑥結城光流的夢幻出道作《篁破幻草子》已經出中文版了，一共有五集，主角就是人氣冥官小野篁。打個小廣告：全面熱賣中！

國家圖書館出版品預行編目資料

少年陰陽師.貳拾陸.彼方之敵 / 結城光流著；涂愫芸譯. -- 初版. -- 臺北市：皇冠, 2011.11
面;公分. --(皇冠叢書；第4171種　少年陰陽師；26)
譯自：少年陰陽師26 彼方のときを見はるかせ
ISBN 978-957-33-2842-1(平裝)

861.57　　　　100017716

皇冠叢書第4171種

少年陰陽師 26

少年陰陽師——

彼方之敵

少年陰陽師
彼方のときを見はるかせ

作　　者—結城光流
譯　　者—涂愫芸
發 行 人—平雲
出版發行—皇冠文化出版有限公司
台北市敦化北路120巷50號
電話◎02-27168888
郵撥帳號◎15261516號
皇冠出版社(香港)有限公司
香港上環文咸東街50號寶恒商業中心
23樓2301-3室
電話◎2529-1778　傳真◎2527-0904
出版統籌—盧春旭
責任編輯—丁慧瑋
版權負責—莊靜君
日文編輯—黃釋慧
美術設計—蔣佩辰
行銷企劃—林倩聿
印　　務—江宥廷
校　　對—鮑秀珍・陳秀雲・丁慧瑋
著作完成日期—2009年
初版一刷日期—2011年11月

法律顧問—王惠光律師

讀者服務傳真專線◎02-27150507
電腦編號◎501026
ISBN◎978-957-33-2842-1
Printed in Taiwan
本書特價◎新台幣199元/港幣67元